ちくま文庫

茨木のり子集　言の葉

3

筑摩書房

目次

＊ 詩篇

詩集　食卓に珈琲の匂い流れ

詩集　倚りかからず

詩集未収録作品

書下し詩篇

＊エッセイ

＊訳詩

韓国現代詩選　より

茨木のり子集　言の葉　3

＊

詩篇

部屋

簡素な机
木の寝台
糸ぐるま
床の上にはたったそれだけ
植物の繊維を張った
二つの椅子は
かるがると
壁にぶらさげられていた

今までに見た
一番美しい部屋
不必要なものは何ひとつない
或る国のクェーカー教徒の部屋

わがあこがれ
単純なくらし
単純なことば
単純な　生涯

今もなお　まなかいに
ふわりと浮かぶ二つの椅子
濃密な空気だけを
坐らせていた

足跡

銀杏のちる日
博物館のガラス越しに見る
粘土に押しつけられた小さな足形
長さ四センチばかりの幼児の足形
青森県六ケ所村《ろっかしょむら》出土
縄文時代後期
子供はギャアと泣いたかしら
にこにこ笑っていたかしら
乾いた粘土板を裸火で稚拙に焼いたあとも
その柔かさはなまなましく

むかしむかしの親たちも
愛らしい子の足形をとっておきたかったのだ
ひよこ豆五粒ならんだほどの指
なぜかじわりと　濡れてくるまぶたの裏

わたしにはかなしいことがあって
よれよれに泣き尽し
涙腺も凍結
感情も枯れ枯れで
心動かされることはなにひとつ無くなっていたのに
小さな足はポンと蹴ってくれた
わたしのなかの硬く痼《しこ》ったものを

それにしても
おまえは何処へ行ってしまったのだろう
三千年前の足跡を

ついきのうのことのように
残して

答

ばばさま
ばばさま
今までで
ばばさまが一番幸せだったのは
いつだった?
十四歳の私は突然祖母に問いかけた
ひどくさびしそうに見えた日に

来しかたを振りかえり
ゆっくり思いめぐらすと思いきや
祖母の答は間髪を入れずだった
「火鉢のまわりに子供たちを坐らせて
かきもちを焼いてやったとき」

ふぶく夕
雪女のあらわれそうな夜
ほのかなランプのもとに五、六人
膝をそろえ火鉢をかこんで坐っていた
その子らのなかに私の母もいたのだろう

ながくながく準備されてきたような
問われることを待っていたような
あまりにも具体的な

答の迅さに驚いて
あれから五十年
ひとびとはみな
掻き消すように居なくなり

私の胸のなかでだけ
ときおりさざめく
つつましい団欒
幻のかまくら

あの頃の祖母の年さえとっくに過ぎて
いましみじみと嚙みしめる
たった一言のなかに籠められていた
かきもちのように薄い薄い塩味のものを

さゆ

薬局へ
――サユをください
と買いにきた若い女がいた
――サユ？
――ええ　子供に薬をのませるサユっていうもの　おいくら？
薬局は驚いて
――ああた　白湯《さゆ》は買うもんじゃありませんよ
湯ざましのことですに
若い母親の頭のなかでサユはいったいどんな形であったやら
怪訝《けげん》な顔で去ったという
白湯もまた遠ざかりゆく日本語なのか……

八雲の怪談の　夜ごと水飴を買いにくる女は
艶冶《えんや》で哀れ深かったけれど

そんな話を聞いた日の深夜
しゅんしゅんと湯を沸かし
ふきながらゆっくりと飲む
まじりけなしの
白湯の
ただそれだけの深い味わい

娘たち

イヤリングを見るたびに　おもいます

縄文時代の女たちとおんなじね
ネックレスをつらねるたびに　おもいます
卑弥呼《ひみこ》のころと変りはしない

指輪はおろか腕輪も足輪もありました
今はブレスレット　アンクレットなんて気取ってはいるけれど

頬紅を刷《は》くたびに　おもいます
埴輪の女も丹《に》を塗りたくったわ

ミニを見るたびに　おもいます
早乙女《さおとめ》のすこやかな野良着スタイル

ロングひるがえるたびに　おもいます
青丹よし奈良のみやこのファッションを

くりかえしくりかえす　よそおい
波のように行ったり　来たりして
波が貝殻を残してゆくように
女たちはかたみを残し　生きたしるしを置いてゆく
勾玉や真珠　櫛やかんざし　半襟や刺子
家々の箪笥の奥に　博物館のかたすみにひっそりと息づいて
そしてまた　あらたな旅だち
遠いいのちをひきついで　さらに華やぐ娘たち
母や祖母の名残りの品を
身のどこかに　ひとつだけ飾ったりして

あいつ

〈あいつの言葉は腐っている!〉
人ごみのなかで　通りすがりに
吐き出すような台詞が耳朶《じだ》を打った
あいつとは　どいつなのか　知らないが
私はただちに了解した　その内容もわからずに
〈そう　あいつの言葉は腐っている〉

なぜなら日々
腐った言葉に首まで漬かり
憤懣やるかたないのだから
自分の言葉にすらそれを感じ

身ぶるいすることがあるのだから
あいつが　どいつでも　おんなじだ

感情の痩せっぽち

痩せたい　痩せたい
と思うあまりに
感情のほうまで殺《そ》ぎおとしてしまったのか

感情の痩せっぽちはさびしいもの
そんなさびしいのが増えてきて
話していても　さむ　ざむ　ざむ

かつて雪のふる日に訪れた家に
一幅の書が掛けられていた
まるで偶然のように

太郎を眠らせ　太郎の屋根に雪ふりつむ
次郎を眠らせ　次郎の屋根に雪ふりつむ*
あれはあるじのなによりの御馳走だったのだ

なぜこんなことを
思い出したのだろう
青葉若葉の風渡る日に

*「雪」三好達治

今昔

むかし
土佐の片田舎
草の庵《いおり》をほとほと叩き
道に迷った旅びとひとり
一夜の宿を乞うたという

やわらかに迎えいれた僧は
三十代ぐらい　ひょンろひょろの蒼い顔
炉の火をかきたて
〈食うべきものはなし〉

と言ってあとは黙ったまま　つくねん
何を語りかけても
わずかにわずかにほほえむばかり
〈頭すこし弱きおひとか〉
旅びともまだ二十代
深夜まで黙って二人炉をかこみ
無言の僧になんの気づまりも覚えず
ふしぎのこともあるものよ
旅びとはやがてぐっすり寝ほうけた
僧もころんと上手に寝た

一夜あけ
旅びとは僧の書きちらしたものに
ふと目をとめて
アッ！　と心で叫びをあげる
〈ただものではない　この字は！〉

あばらやの誰ともしれぬ僧の書に
感じいった旅びとの
眼力もまたおそろしい
旅びとは老いてのち
それが良寛であったと知り
若き日の土佐の一夜をなつかしみ書き残す
じぶんのおしゃべりにうんざりし
ひとのおしゃべりにうんざりし
ひそかにかぶりを振れば
うろおぼえのはなし
二百年前のはなし
いずこからともなくゆらめき出て
沈黙が威圧ではなく

春風のようにひとを包む
そんな在りようの
身に添うたひともあったのだ

記憶に残る

記憶に残る言葉の
なんという少なさだろう
みな洩れて行方もしれずに流れ去る
かなり大きな霞網を仕かけているつもりなのに
かなり大きな投網を打っているつもりなのに
ひっかかってくるもののあまりの乏しさ

番人がぼんやりのせいかしら
取り逃してしまったのかしら
そんなに謙遜しないでおこう

最近の獲物といえば
オクタビオ・パス氏の
生きのいい一閃

——今日　詩を書くということは　あまりにも
商業主義的になった社会への一種のたたかいでもある
それは言葉を質の低下から守るようなもの

顔

かくれ里
と呼びたいような
ずいぶんへんぴな山奥の村で道に迷った
岨道《そばみち》を通りかかった老女に尋ねると
やわらかなお国なまりで指さしてくれた
あねさんかぶりの手拭いの下の
ほのかな笑顔のよろしさ
媼《おうな》という忘れていたことばがぽっかり浮かび
まさか
山菜の精ではないでしょうね
女も
晩年に至って
こんなふうにじぶんの顔を造型できる人がいた
この里に

それを認めうるひと　ありやなし
あわてて
まばたきのシャッター
わが脳裡に焼きつけた
いつでも取り出せる
大切な一枚として

ある存在

大樹の根かたに
裸身をかくし
りょうりょうと笛を吹いているひと

ちらと見える頭には角が生え
半神半獣の痩せた生きもの
幼い頃一度だけ雑誌で見た絵
誰の絵ともわからずに
（ただの挿絵だったのかもしれない）
けれど
わたしは納得した
誰に教えられたのでもなく
（こういう種族もいるのだ　たしかに）
以来彼はわたしのどこかに棲みついている
みにくくて
さびしくて
なつかしい存在
音色だけで　ひとびととつながるもの

食卓に珈琲の匂い流れ

食卓に珈琲の匂い流れ
ふとつぶやいたひとりごと
あら
映画の台詞だったかしら
なにかの一行だったかしら
それとも私のからだの奥底から立ちのぼった溜息でしたか
豆から挽きたてのキリマンジャロ
今さらながらにふりかえる
米も煙草も配給の

住まいは農家の納屋の二階　下では鶏《とり》がさわいでいた
さながら難民のようだった新婚時代
インスタントのネスカフェを飲んだのはいつだったか
みんな貧しくて
それなのに
シンポジウムだサークルだと沸きたっていた
やっと珈琲らしい珈琲がのめる時代
一滴一滴したたり落ちる液体の香り

静かな
日曜日の朝
食卓に珈琲の匂い流れ……
とつぶやいてみたい人々は
世界中で
さらにさらに増えつづける

なかった

武士道は　なかった
敗軍の将は城を枕に討死とばかり思っていたのに
武士道は　なかった
上層部の逃げ足の迅さ　残留孤児は老い去りて
武士道は　なかった
神州清潔の民は　もっとも不潔なことをした近隣諸国に
武士道は　なかった

鷗外が外国でがんばったにもかかわらず
武士道は　なかった
在ると信じて散った若者の哀しさ
武士道は　なかった
かつて在りれんめんと続いたものならばなぜ急に消え失せた
武士道とは　古来
やくざの掟のごときものに外ならず
ところどころに消しがたく光る　金箔のかけらは
ふつうの人の　ただふつうのやさしさや　行為の跡
騎士道も　なかったわね
だからドン・キホーテが躍り出たのだ

総督府へ行ってくる

韓国の老人は
いまだに
便所《ピョンソ》へ行くとき
やおら腰をあげて
〈総督府《チョンドクプー》へ行ってくる〉
と言うひとがいるそうな
朝鮮総督府からの呼び出し状がくれば
行かずにすまされなかった時代
やむにやまれぬ事情
それを排泄につなげた諧謔と辛辣

ソウルでバスに乗ったとき
田舎から上京したらしいお爺さんが坐っていた
韓服を着て
黒い帽子をかぶり
少年がそのまま爺《じい》になったような
純そのものの人相だった
日本人数人が立ったまま日本語を少し喋ったとき
老人の顔に畏怖と嫌悪の情
さっと走るのを視た
千万言を費されるより強烈に
日本がしてきたことを
そこに視た

血

イラクの歌手がうたっていた
熱烈に腰をひねって
サダムにこの血を捧げよう
サダムにこの命を捧げよう　と
聞きなれた歌

四十五年前のわたしたちも歌ってた
ドイツのこどもたちも歌ってた
指導者の名を冠し
血を捧げようなんて歌うときは

ろくなことはない
血はじぶんじしんのために使い切るもの
敢えて捧げたいんなら
もっとも愛する身近なひとのためにこそ

恋唄

電話のむこうで
三年前に夫を亡くした友人の
澄んできれいなアルトが囁く
　バサッと断ち切られてしまったけれど
　これでいいのかもしれない

よぼよぼになるまで長生きして
お互いに疲れはててしまうのよりは
でも　そんなふうに考えて
諦めようとしているのかも

一拍おいて

わたくしね　いま
とてもきれいな恋をしています
チェックのスーツなんか似合った彼に

こちらの耳は不意に捉える
ついぞ今まで気づかなかった
恋唄
なにもかもさらけだし
知りつくし

お互いの影の部分さえ重なりあって
そのはてに
なおも溢れ出てやまないもの
形をとらず
秘し隠され
それゆえいっそう哀切に
ひとりの胸のなかでだけ鳴っている

還らざる兵士を待って老いた妻の
七十歳の鄙《ひな》ぶりうた
あれはいったい何語かしら？

聞えるひとには聞えていて
聞えないひとにはてんで聞えない
そうそうと流れてやまぬ哀歌

タクトでも振りおろされたように
今宵　はじめて聞えてくる
聖歌のような
ファドのような
パンソリのような

ふたたびは

ふたたびは
帰らずの時
ひとはなんとさりげなく
家を出て行くものだろう

夕
いつものように帰ってくる
なにげなさで
木戸を押して
ひらりと

そして
ふたたびは

さくら

ことしも生きて
さくらを見ています

ひとは生涯に
何回ぐらいさくらをみるのかしら
ものごころつくのが十歳ぐらいなら
どんなに多くても七十回ぐらい
三十回　四十回のひともざら
なんという少なさだろう
もっともっと多く見るような気がするのは
祖先の視覚も
まぎれこみ重なりあい霞だつせいでしょう
あでやかとも妖しとも不気味とも
捉えかねる花のいろ
さくらふぶきの下を　ふららと歩けば
一瞬
名僧のごとくにわかるのです
死こそ常態
生はいとしき蜃気楼と

瞳

ぼくらの仕事は　視ている
ただ　じっと　視ていることでしょう?

晩年の金子光晴がぽつりと言った
まだ若かったわたしの胸に　それはしっくり落ちなかった
視ている　ただ視ているだけ?
なにひとつ動かないで?　ひそかに呟いた

今頃になって沁みてくる　その深い意味が

視ている人は必要だ　ただじっと視ている人
数はすくなくとも　そんな瞳《め》が
あちらこちらでキラッと光っていなかったらこの世は漆黒の闇
でも　なんて難しいのだろう　自分の眼で
ただじっと視ているということでさえ

ルオー

強い線が
少しも厭らしくはない
あなたの描いた基督なら

部屋にあっても邪魔にはならず
むしろ鎮静させてくれるだろう
絵を見てゆきながら
題名にも目が走り

黒いピエロ
親代々の旅芸人
世はさまざまなれど荒地に種蒔くは美しき仕事
小さな村へ
ミゼレーレ
苦い甘さ
われらみずから王と思いて
人呼んで快楽の娘
自分の顔をつくらぬものがあろうか？
悩みの果てぬ場末で
生きるとは辛い業……

母たちに忌み嫌われる戦争
人は人にとって狼なり
われらはみな愚か
これが最後だよ　おやじさん！
上流社会のご婦人は天国で予約席につけると信じている
カスタフィン（やぶ医者）
われら死すべきもの　われわれもわれらの仲間すべても
明日は晴れるだろう　難破した者はそう言った
心高貴なれば首こわばらず
辻々に売春の灯がともる

題名をばらばらに呟けば　それすらも
詩よりもはるかに詩になっている
参ったなァ
久しぶりに　そう四十年ぶりに再会した
ルオーの自画像の

形のいいおでこよ！

四行詩

珈琲一杯にも満たない銀貨で
オマル・ハイヤームのルバイヤートを買う
オマルとはまたなんという名前
全篇殆ど酒の詩《うた》　なぜかなつかしいペルシャの古歌

酒を忘憂物と名づけたのは
いつのころの　どんなひと
わが憂いは深くして　忘れさるすべもない
火酒《ウオツカ》であれ　老酒《ラオチユー》であれ　マッコルリであれ

こっちを引っぱれば　あっちが足りない
あちらにずらせば　こちらが欠ける
どうやってみても辻褄の合わない世界
子供のように矛盾のシーツひっぱりあって

ぼんやり過した一生
あぶはちとらずの人生
血まなこで何事をか追い求めた生涯
それらひとしなみに皆同じであったとしたら

生まれたときは何の痛みも知らず
けろりと二本足で立ったのに
逝くときのあまりにひどい肉体の刑罰
それはないでしょう　なんのための罠

心配しないで
死をしそんじた者は今までに一人もいない
千年も生きて流浪する
そんなおそろしい罰を受けた者も一人もいない

匿名で女子学生が書いていた
ある国の落書詩集に
「この世にはお客様として来たのだから
まずいものもおいしいと言って食べなくちゃ」

問い

人類は

もうどうしようもない老いぼれでしょうか
それとも
まだとびきりの若さでしょうか
誰にも
答えられそうにない
問い
ものすべて始まりがあれば終りがある
わたしたちは
いまいったいどのあたり？
颯颯《さつさつ》の
初夏《はつなつ》の風よ

詩集　倚りかからず

木は旅が好き

木は
いつも
憶っている
旅立つ日のことを
ひとつところに根をおろし
身動きならず立ちながら
花をひらかせ　虫を誘い　風を誘い
結実を急ぎながら

そよいでいる
どこか遠くへ
どこか遠くへ

ようやく鳥が実を啄《ついば》む
野の獣が実を嚙《かじ》る
リュックも旅行鞄もパスポートも要らないのだ
小鳥のお腹なんか借りて
木はある日　ふいに旅立つ――空へ
ちゃっかり船に乗ったのもいる

ポトンと落ちた種子が
〈いいところだな　湖がみえる〉
しばらくここに滞在しよう
小さな苗木となって根をおろす
元の木がそうであったように

分身の木もまた夢みはじめる
旅立つ日のことを

幹に手をあてれば
痛いほどにわかる
木がいかに旅好きか
放浪へのあこがれ
漂泊へのおもいに
いかに身を捩《よじ》っているのかが

鶴

鶴が

ヒマラヤを越える
たった数日間だけの上昇気流を捉え
巻きあがり巻きあがりして
九千メートルに近い峨峨《がが》たるヒマラヤ山系を
越える
カウカウと鳴きかわしながら
どうやってリーダーを決めるのだろう
どうやって見事な隊列を組むのだろう
涼しい北で夏の繁殖を終え
育った雛もろとも
越冬地のインドへ命がけの旅
映像が捉えるまで
誰にも信じることができなかった
白皚皚《はくがいがい》のヒマラヤ山系
突き抜けるような蒼い空

遠目にもけんめいな羽ばたきが見える
なにかへの合図でもあるような
純白のハンカチ打ち振るような
清冽な羽ばたき
羽ばたいて
羽ばたいて

わたしのなかにわずかに残る
澄んだものが
はげしく反応して　さざなみ立つ
今も
目をつむれば
まなかいを飛ぶ
アネハヅルの無垢ないのちの
無数のきらめき

一九九三・一・四　NHK「世界の屋根・ネパール」

あのひとの棲《す》む国

——F・Uに——

あのひとの棲む国
それは人肌を持っている
握手のやわらかさであり
低いトーンの声であり
梨をむいてくれた手つきであり
オンドル部屋のあたたかさである

詩を書くその女《ひと》の部屋には
机が二つ
返事を書かねばならない手紙の束が山積みで
なんだかひどく身につまされたっけ
壁にぶらさげられた大きな勾玉《まがたま》がひとつ
ソウルは奨忠洞《チャンチュンドン》の坂の上の家
前庭には柿の木が一本
今年もたわわに実ったろうか
ある年の晩秋
我が家を訪ねてくれたときは
荒れた庭の風情がいいと
ガラス戸越しに眺めながらひっそりと呟いた
落葉かさこそ掃きもせず
花は立ち枯れ
荒れた庭はあるじとしては恥なんだが

無造作をよしとする客の好みにはかなったらしい
日本語と韓国語ちゃんぽんで
過ぎこしかたをさまざまに語り
こちらのうしろめたさを救うかのように
あなたとはいい友達になれると言ってくれる
率直な物言い
楚々とした風姿

あのひとの棲む国

雪崩のような報道も　ありきたりの統計も
鵜呑みにはしない
じぶんなりの調整が可能である
地球のあちらこちらでこういうことは起っているだろう
それぞれの硬直した政府なんか置き去りにして
一人と一人のつきあいが

小さなつむじ風となって
電波は自由に飛びかっている
電波はすばやく飛びかっている
電波よりのろくはあるが
なにかがキャッチされ
なにかが投げ返され
外国人を見たらスパイと思え
そんなふうに教えられた
私の少女時代には
考えられもしなかったもの

鄙《ひな》ぶりの唄

それぞれの土から
陽炎《かげろう》のように
ふっと匂い立った旋律がある
愛されてひとびとに
永くうたいつがれてきた民謡がある
なぜ国歌など
もののしくうたう必要がありましょう
おおかたは侵略の血でよごれ
腹黒の過去を隠しもちながら
口を拭って起立して

直立不動でうたわなければならないか
聞かなければならないか
　私は立たない　坐っています

演奏なくてはさみしい時は
民謡こそがふさわしい
さくらさくら
草競馬
アビニョンの橋で
ヴォルガの舟唄
アリラン峠
ブンガワンソロ
それぞれの山や河が薫りたち
野に風は渡ってゆくでしょう
それならいっしょにハモります

〽ちょいと出ました三角野郎が
八木節もいいな
やけのやんぱち　鄙ぶりの唄
われらのリズムにぴったしで

疎開児童も

疎開児童も　お爺さんになりました
疎開児童も　お婆さんになりました
信じられない時の迅さ
飢えて　痩せて　健気だった子らが

乱世を生き抜くのに　せいいっぱいで
生んだ子らに躾《しつけ》をかけるのを忘れたか
野放図に放埓《ほうらつ》に育った二代目は
躾糸の意味さえ解さずにやすやすと三代目を生み　かくて
女の孫は　清純の美をかなぐり捨て　踏み抜き
男の孫は　背をまるめゴリラのように歩いている
佳きものへの復元力がないならば
それは精神文化とも呼べず
もし　在るのなら
今どのあたりで寝ほうけているのだろう

お休みどころ

むかしむかしの　はるかかなた
女学校のかたわらに
一本の街道がのびていた
三河の国　今川村に通じるという
今川義元にゆかりの地

白っぽい街道すじに
〈お休みどころ〉という
色褪せた煉瓦いろの幟《のぼり》がはためいていた
バス停に屋根をつけたぐらいの

ささやかな　たたずまい
無人なのに
茶碗が数箇伏せられていて
夏は麦茶
冬は番茶の用意があるらしかった

あきんど　農夫　薬売り
重たい荷を背負ったひとびとに
ここで一休みして
のどをうるおし
さあ　それから町にお入りなさい
と言っているようだった
誰が世話をしているのかもわからずに
自動販売機のそらぞらしさではなく
どこかに人の気配の漂う無人である

かつての宿場や遍路みちには
いまだに名残りをとどめている跡がある
「お休みどころ……やりたいのはこれかもしれない」
ぼんやり考えている十五歳の
セーラー服の私がいた
今はいたるところで椅子やベンチが取り払われ
坐るな　とっとと歩けと言わんばかり

＊

四十年前の　ある晩秋
夜行で発って朝まだき
奈良駅についた
法隆寺へ行きたいのだが

まだバスも出ない
しかたなく
昨夜買った駅弁をもそもそ食べていると
その待合室に　駅長さんが近づいてきて
二、三の客にお茶をふるまってくれた
ゆるやかに流れていた時間
駅長さんの顔は忘れてしまったが
大きな薬缶と　制服と
注いでくれた熱い渋茶の味は
今でも思い出すことができる

店の名

〈はるばる屋〉という店がある
インドやネパール　チベットやタイの
雑貨や衣類を売っている
むかしは南蛮渡来と呼ばれた品々が
犇《ひしめ》きながら　ひそひそと語りあっている
――はるばると来つるものかな

〈なつかし屋〉という店がある
友人のそのまた友人のやっている古書店
ほかにもなんだかなつかしいものを

いろいろ並べてあるらしい
絶版になった文庫本などありがたいと言う
詩集は困ると言われるのは一寸困る

〈去年屋〉という店がある
去年はやって今年はややすたれの衣類を
安く売っているらしい
まったく去年も今年もあるものか
関西らしい商いである

何語なのかさっぱりわからぬ看板のなか
母国語を探し探しして命名した
屋号のよろしさ
それかあらぬか店はそれぞれに健在である

ある町の

〈おいてけぼり〉という喫茶店も
気に入っていたのだが
店じしんおいてけぼりをくわなかったか
どうか

時代おくれ

車がない
ワープロがない
ビデオデッキがない
ファックスがない
パソコン　インターネット　見たこともない
けれど格別支障もない

そんなに情報集めてどうするの
そんなに急いで何をするの
頭はからっぽのまま

すぐに古びるがらくたは
我が山門に入《い》るを許さず
（山門だって　木戸しかないのに）
はたから見れば嘲笑の時代おくれ
けれど進んで選びとった時代おくれ
　もっともっと遅れたい

電話ひとつだって
おそるべき文明の利器で
ありがたがっているうちに
盗聴も自由とか

便利なものはたいてい不快な副作用をともなう
川のまんなかに小船を浮かべ
江戸時代のように密談しなければならない日がくるのかも

旧式の黒いダイアルを
ゆっくり廻していると
相手は出ない
むなしく呼び出し音の鳴るあいだ
ふっと
行ったこともない
シッキムやブータンの子らの
襟足の匂いが風に乗って漂ってくる
どてらのような民族衣装
陽なたくさい枯草の匂い
何が起ろうと生き残れるのはあなたたち

まっとうとも思わずに
まっとうに生きているひとびとよ

倚《よ》りかからず

もはや
できあいの思想には倚りかかりたくない
もはや
できあいの宗教には倚りかかりたくない
もはや
できあいの学問には倚りかかりたくない
もはや
いかなる権威にも倚りかかりたくはない

ながく生きて
心底学んだのはそれぐらい
じぶんの耳目
じぶんの二本足のみで立っていて
なに不都合のことやある

倚りかかるとすれば
それは
椅子の背もたれだけ

笑う能力

「先生　お元気ですか

我が家の姉もそろそろ色づいてまいりました」
他家の姉が色づいたと知ったことか
手紙を受けとった教授は
柿の書き間違いと気づくまで何秒くらいかかったか

「次の会にはぜひお越し下さい
枯木も山の賑わいですから」
おっとっと　それは老人の謙遜語で
若者が年上のひとを誘う言葉ではない

着飾った夫人たちの集うレストランの一角
ウェーターがうやうやしくデザートの説明
「洋梨のババロワでございます」
「なに　洋梨のババア？」
若い娘がだるそうに喋っていた

あたしねぇ　ポエムをひとつ作って
彼に贈ったの　虫っていう題
「あたし　蚤《のみ》かダニになりたいの
そうすれば二十四時間あなたにくっついていられる」
はちゃめちゃな幅の広さよ　ポエムとは

言葉の脱臼　骨折　捻挫のさま
いとをかしくて
深夜　ひとり声たてて笑えば
われながら鬼気迫るものあり
ひやりともするのだが　そんな時
もう一人の私が耳もとで囁く
「よろしい
お前にはまだ笑う能力が残っている
乏しい能力のひとつとして
いまわのきわまで保つように」

はィ　出来ますれば
山笑う
という日本語もいい
春の微笑を通りすぎ
山よ　新緑どよもして
大いに笑え！
気がつけば　いつのまにか
我が膝までが笑うようになっていた

ピカソのぎょろ目

ピカソのぎょろ目は
一度見たら忘れられないが
あのひとはバセドウ病だったに違いないと
つい最近になって気がついた
私も同じ病気にかかり
ものみなだぶったり歪んだりして見える
複視となって焦点がまるで合わない
ピカソのキュービズムの元は
これだったかと　へんに納得してしまったのだ
立体を平面に描くための斬新な方法とばかり思っていたのに

ある時期　彼は
ものみなずれて　ちらんぱらんに見えたに違いない
女の顔も
それを一つの手法にまで高めたのだ

敵らしきものが入ってくると
からだは反応して免疫をつくるのだが
敵が入って来もしないのに
何をとち狂ったか
自分のからだをやっつける誤作動の指令
自己免疫疾患
甲状腺ホルモンがどばどばと出て
眼筋までが肥大して眼球を突出させてしまうらしい

ピカソへの不意の親近感
小さな発見におもわれて

美術史専門の数人に尋ねてみた
「どこかにそういう記載はありませんか？」
みんな
「さあ……」
といぶかしげ

若い時に発病するものなのに
今ごろになってこんなものが出てくるとは
「私のからだはまだ若いということでしょうか？」
冗談まじりに尋ねると
「そう思いたければ
そう思っていてもいいでしょう」
と　若い医師は真面目に答えた

苦しみの日々　哀しみの日々

苦しみの日々
哀しみの日々
それはひとを少しは深くするだろう
わずか五ミリぐらいではあろうけれど

さなかには心臓も凍結
息をするのさえ難しいほどだが
なんとか通り抜けたとき　初めて気付く
あれはみずからを養うに足る時間であったと

少しずつ　少しずつ深くなってゆけば
やがては解るようになるだろう
人の痛みも　柘榴《ざくろ》のような傷口も

わかったとてどうなるものでもないけれど
（わからないよりはいいだろう）

苦しみに負けて
哀しみにひしがれて
とげとげのサボテンと化してしまうのは
ごめんである

受けとめるしかない
折々の小さな刺《とげ》や　病《やまい》でさえも
はしゃぎや　浮かれのなかには
自己省察の要素は皆無なのだから

マザー・テレサの瞳《ひとみ》

マザー・テレサの瞳は
時に
猛禽類のように鋭く怖いようだった
マザー・テレサの瞳は
時に
やさしさの極北を示してもいた
二つの異なるものが融けあって
妖しい光を湛えていた
静かなる狂とでも呼びたいもの
静かなる狂なくして
インドでの徒労に近い献身が果せただろうか
マザー・テレサの瞳は
クリスチャンでもない私のどこかに棲みついて
じっとこちらを凝視したり

またたいたりして
中途半端なやさしさを撃ってくる!

鷹の眼は見抜いた
日本は貧しい国であると
慈愛の眼は救いあげた
垢だらけの瀕死の病人を
――なぜこんなことをしてくれるのですか
――あなたを愛しているからですよ
愛しているという一語の錨《いかり》のような重たさ

自分を無にすることができれば
かくも豊饒なものがなだれこむのか
さらに無限に豊饒なものを溢れさせることができるのか
こちらは逆立ちしてもできっこないので
呆然となる

たった二枚のサリーを洗いつつ
取っかえ引っかえ着て
顔には深い皺を刻み
背丈は縮んでしまったけれど
八十六歳の老女はまたなく美しかった
二十世紀の逆説を生き抜いた生涯

外科手術の必要な者に
ただ繃帯を巻いて歩いただけと批判する人は
知らないのだ
瀕死の病人をひたすら撫でさするだけの
慰藉《いしゃ》の意味を
死にゆくひとのかたわらにただ寄り添って
手を握りつづけることの意味を

——言葉が多すぎます
といって一九九七年
その人は去った

水の星

宇宙の漆黒の闇のなかを
ひっそりまわる水の星
まわりには仲間もなく親戚もなく
まるで孤独な星なんだ

生まれてこのかた
なにに一番驚いたかと言えば

水一滴もこぼさずに廻る地球を
外からパチリと写した一枚の写真

こういうところに棲んでいましたか
これを見なかった昔のひととは
線引きできるほどの意識の差が出てくる筈なのに
みんなわりあいぼんやりとしている

太陽からの距離がほどほどで
それで水がたっぷりと渦まくのであるらしい
中は火の玉だっていうのに
ありえない不思議　蒼い星

すさまじい洪水の記憶が残り
ノアの箱船の伝説が生まれたのだろうけれど
善良な者たちだけが選ばれて積まれた船であったのに

子子孫孫のていたらくを見れば　この言い伝えもいたって怪しい
軌道を逸れることもなく　いまだ死の星にもならず
いのちの豊饒を抱えながら
どこかさびしげな　水の星
極小の一分子でもある人間が　ゆえなくさびしいのもあたりまえで
あたりまえすぎることは言わないほうがいいのでしょう

ある一行

一九五〇年代
しきりに耳にし　目にし　身に沁みた　ある一行

〈絶望の虚妄なること　まさに希望に相同じい〉

魯迅が引用して有名になった
ハンガリーの詩人の一行

絶望といい希望といってもたかが知れている
うつろなることでは二つともに同じ
そんなものに足をとられず
淡々と生きて行け！
というふうに受けとって暗記したのだった
同じ訳者によって
〈絶望は虚妄だ　希望がそうであるように！〉
というわかりやすいのもある

今この深い言葉が一番必要なときに
誰も口の端《は》にのせないし
思い出しもしない

私はときどき呟いてみる
むかし暗記した古風な訳のほうで
〈絶望の虚妄なること　まさに希望に相同じい〉

＊ハンガリーの詩人――ペテーフィ・シャンドル（一八二三―四九）
＊竹内好訳

あとがき

ある日、内蒙古からの航空便が届いた。

Hという日本の青年からのもので、「植林のボランティアのため、内蒙古に一年滞在、こちらで読むために、あなたの詩集を一冊持ってきたのです。」と書かれていた。もちろん未知の青年で、推定年齢二十五歳。

簡潔だが情感のこもったいい手紙だった。

こういう若者もいるのだと知って、びっくりもし、モンゴルの全方位のもと、天空にひろがる満天の星々も想像されたのである。

三十年来の友人——編集部の中川美智子さんから、新しい詩集を編むことを強くすすめられながら、なかなか決心がつかずにいたのだが、内蒙古からの一通の手紙がきっかけで、ふっと八番目の詩集を出そうかという気になった。〈今、詩を書くというのは、どういうことか？〉と、みずからに問い続けざるを得ない歳月だったからである。
「あのひとの棲む国」「鄙ぶりの唄」「笑う能力」の三篇は、同人詩誌「櫂」に出したものだが、ほかの十二篇は未発表のもの。

原稿もまとまらないうちに、高瀬省三さんから、さっさと装画が届いてしまった。椅子の絵だったので、草稿のなかにあった「倚りかからず」に、題名まで決まってしまったのである。

今回に限らず、いつも外部からのいろんな力が働いて、押し出されるようになんとか形に成るということが続いてきて、しみじみ有難いことに思っている。

振りかえってみると、すべてを含めて、自分の意志ではっきりと一歩前に踏み出したという経験は、指折り数えて、たったの五回しかなかった。

一九九九年　秋

詩集未収録作品

活字を離れて

時刻表もみない
新聞も読まない
まして本なんか！
活字に無縁でいると
頭の霧はれて
ひどく健やかになれることを
いくつかの旅が教えてくれた
眼鏡も持たず

カメラも持たず
みるともなしに視るものは
ひとしれず　ひっそり澄みわたるもの
ひたすらに咲いて　ただに散る花
古びた家をいっとき明るませている雛《ひいな》たち
黙っていながら
深沈として　奥深く　在るものら

色の名

胡桃《くるみ》いろ　象牙いろ　すすきいろ
栗いろ　栗鼠《りす》いろ　煙草いろ
色の和名のよろしさに　うっとりする

柿いろ　杏いろ　珊瑚いろ
山吹　薊《あざみ》　桔梗《ききょう》いろ　青竹　小豆　萌黄いろ
自然になぞらえた　つつましさ　確かさ
朱鷺《とき》いろ　鶸《ひわ》いろ　鶯いろ
かつては親しい鳥だった　身近にふれる鳥だった
鬱金《うこん》　縹《はなだ》　納戸《なんど》いろ　利休茶　浅黄　蘇芳《すおう》いろ
字書ひいて　なんとかわかった色とりどり
辛子いろ　蓬《よもぎ》いろ　蕨《わらび》いろ　ああ　わらび！
早春くるりと照れながら
すくすく伸びる　くすんだみどり
オリーブいろなんて言うのは　もうやめた

ええと

「あの人は世に出た」
と羨ましそうに言う
その道でいっぱしになり
有名になり
お金もばかすか入ることを指すらしい
私はこの言いかたが気に入らない
不正確ではなかろうか
フギャア！ と一声泣いたとき
人はみな この世に出たと思うのだ

一人は賑やか

一人でいるのは　賑やかだ
賑やかな賑やかな森だよ
夢がぱちぱち　はぜてくる
よからぬ思いも　湧いてくる
エーデルワイスも　毒の茸も

一人でいるのは　賑やかだ
賑やかな賑やかな海だよ
水平線もかたむいて
荒れに荒れっちまう夜もある
なぎの日生まれる馬鹿貝もある

一人でいるのは賑やかだ
誓って負けおしみなんかじゃない

一人でいるとき淋しいやつが
二人寄ったら　なお淋しい
おおぜい寄ったなら
だ　だ　だ　だっと　堕落だな

恋人よ
まだどこにいるのかもわからない　君
一人でいるとき　一番賑やかなヤツで
あってくれ

待つ

わたしの心は　かたくなな　鉄の扉
どうしようもなく　閉され　軋む
鍵を持って　まだ　どこか　遠くを
のんびりとふらついてるのは誰？
ぱっと開けて吃驚させてくれるひと
とても自然に昔からの約束のように

ある工場

地の下にはとても大きな匂いの工場が
　　　　　　在ると　思うな
年老いた技師や背高のっぽの研究生ら
　　白衣の裾をひるがえし
アルプスの野の花にシリアの杏の花に
中国のジャスミンに　世界中の花々に
　　　漏れなく　遅配なく
　　　　馥郁の香気を送る

ゲラン　バランシャガ　も　顔色なし
小壜に詰めず定価も貼らず惜しげなく
ただ　春の大気に放散する
彼らの仕事の
すがすがしさ

夏の星に

まばゆいばかり
豪華にばらまかれ
ふるほどに
星々

あれは蝎座の赤く怒る首星アンタレス
永久にそれを追わねばならない射手座の弓
印度人という名の星はどれだろう
天の川を悠々と飛ぶ白鳥
しっぽにデネブを光らせて
頸の長い大きなスワンよ！
アンドロメダはまだいましめを解かれぬままだし
冠座はかぶりてのないままに
誰かをじっと待っている
屑の星　粒の星　名のない星々
うつくしい者たちよ
わたくしが地上の宝石を欲しがらないのは
すでに
あなた達を視てしまったからなのだ

九月のうた

のびきった　マカロニのような
　　夏とも
　　　もうお別れ
星宿りという　素敵な木の名を
　教えてくれたひととも
　　　もうお別れ
こどもたちは　こんがり焼けた
　プチ・パンになって
熱い竈《かまど》をとびだしてゆく

思えば幼い頃の宿題は易しかった
　人生の宿題の
　重たさにくらべたら

十二月のうた

熊はもう眠りました
栗鼠もうつらうつら
土も樹木も
大きな休息に入りました

ふっと
思い出したように

声のない　子守唄
それは粉雪　ぼたん雪

師も走る
などと言って
人間だけが息つくひまなく
動きまわり

忙しさとひきかえに
大切なものを
ぽとぽとと　落してゆきます

みずうみ

〈だいたいお母さんてものはさ
しいいん
としたとこがなくちゃいけないんだ〉

名台詞を聴くものかな！

ふりかえると
お下げとお河童と
二つのランドセルがゆれてゆく
落葉の道

お母さんだけとはかぎらない
人間は誰でも心の底に
しいんと静かな湖を持つべきなのだ

田沢湖のように深く青い湖を
かくし持っているひとは
話すとわかる　二言　三言で

それこそ　しいんと落ちついて
容易に増えも減りもしない自分の湖
さらさらと他人の降りてはゆけない魔の湖

教養や学歴とはなんの関係もないらしい
人間の魅力とは
たぶんその湖のあたりから

発する霧だ
早くもそのことに
気づいたらしい
小さな
二人の
娘たち

母の家

雪ふれば憶う
母の家
たる木　むな木　堂々と

雪に耐えぬいてきた古い家
ひとびと行儀よく箱膳に正座し
黙々と　めしをはむ
いろりの向う一つ屋根の下に
馬もうまげに　まぐさはむ
うからやから
七時には眠りにつき　四時には起きいだす
たのしみはすくなかったが
静かで聖なる時間の持続があった
母はみの着て小学校へ通った
母はわらじをはいて二里の道を女学校へ通った
それがたった一つ前の世代であったとは！
ふぶけば憶う　ほのあかりのごとく
母を生んだ古い家　かつての暮しのひだひだを
わたくしのあらたに獲《え》しものは何々ぞ

わたくしのあらたに失いしものは何々ぞ

書下し詩篇

球を蹴る人

——N・Hに——

二〇〇二年　ワールドカップのあと
二十五歳の青年はインタビューに答えて言った
「この頃のサッカーは商業主義になりすぎてしまった
こどもの頃のように無心にサッカーをしてみたい」
的を射た言葉は
シュートを決められた一瞬のように
こちらのゴールネットを大きく揺らした

こどものサッカーと言われて
不意に甲斐の国　韮崎《にらさき》高校の校庭が
ふわりと目に浮ぶ
自分の言葉を持っている人はいい
まっすぐに物言う若者が居るのはいい
それはすでに
彼が二十一歳の時にも放たれていた

「君が代はダサいから歌わない
試合の前に歌うと戦意が削《そが》れる」
〈ダサい〉がこれほどきっかりと嵌《はま》った例を他に知らない
やたら国歌の流れるワールドカップで
私もずいぶん耳を澄したけれど
どの国も似たりよったりで
まっことダサかったねえ
日々に強くなりまさる

世界の民族主義の過剰
彼はそれをも衝《つ》いていた

球を蹴る人は
静かに 的確に
言葉を蹴る人でもあった

草

草の戸　草屋根　草枕
摘草　草餅　草団子
草書　草案　草稿　草創
草庵　草堂　草木染

道草　干草　草千里
草履《ぞうり》　草鞋《わらじ》　草双紙
草苞《くさづと》　草摺《くさずり》　草かげろう
草相撲　草野球　草競馬
草いきれ
草臥《くたび》れる
草獣の地
草木も物言う
草木も眠る丑三つ時
草木成佛
草木塔
草々

草の字つくものはみな好きで
思いつくまま呟けば
気分はシィンと　落ちついてくる

草に馴染《なじ》んで生きてきた
見も知らぬ遠い祖先の
日々の暮し　日々のやつれも
見えがくれ
ならば
ちょっと目を離したすきに
たけだけしく繁茂する
庭の雑草も佳しとしなければならないか
ただただ仇《かたき》とばかりは思わないで

行方不明の時間

人間には
行方不明の時間が必要です
なぜかはわからないけれど
そんなふうに囁《ささや》くものがあるのです

三十分であれ　一時間であれ
ポワンと一人
なにものからも離れて
うたたねにしろ
瞑想にしろ

不埒《ふらち》なことをいたすにしろ
遠野物語の寒戸《さむと》の婆のような
ながい不明は困るけれど
ふっと自分の存在を掻き消す時間は必要です

所在　所業　時間帯
日々アリバイを作るいわれもないのに
着信音が鳴れば
ただちに携帯を取る
道を歩いているときも
バスや電車の中でさえ
〈すぐに戻れ〉や〈今　どこ?〉に
答えるために
遭難のとき助かる率は高いだろうが

電池が切れていたり圏外であったりすれば
絶望は更に深まるだろう
シャツ一枚　打ち振るよりも

私は家に居てさえ
ときどき行方不明になる
ベルが鳴っても出ない
電話が鳴っても出ない
今は居ないのです

目には見えないけれど
この世のいたる所に
透明な回転ドアが設置されている
無気味でもあり　素敵でもある　回転ドア
うっかり押したり
あるいは

不意に吸いこまれたり
一回転すれば　あっという間に
あの世へとさまよい出る仕掛け
さすれば
もはや完全なる行方不明
残された一つの愉しみでもあって
その折は
あらゆる約束ごとも
すべては
チャラよ

*

エッセイ

歌物語

朝鮮の古代の史書『三国史記』を読んでいたとき、ふしぎなことに気がついた。読めども読めども事実の羅列——蝗《いなご》が大発生したとか、虎が宮廷に入りこんだとか、虎はさかんに出没しているが、年月日と共にそういう記述が延々と続く。それと王の事績、人事、戦いの記録。

これが正史というものか。

『魏志倭人伝』も思い出すと、やはり事実だけを記そうという強い意志が感じられる。ひるがえって我が『日本書紀』を思いめぐらせば、なんとまあ詩歌の多いことよ。「記紀歌謡」として取り出せるほどに。

『古事記』はともかく、『日本書紀』は正史の形を採っているのに、史書というより歌物語に近いではないか。そんなことが鮮かに意識されたのは、隣国の史書を読んだおかげである。

『日本書紀』には、さまざまな歌が挿入されているが、それはかなりいい効果をあげている。句読点のように、あるいは息抜きのように、ふっと歌が出てきて、事実の陰影を濃くしている。

いかにも歴史的事件とかかわりを持つような扱われかたをしているが、実際は当時流行していた民謡だったり、相聞歌だったりする。つかず離れずの具合にそれを嵌《は》めこんだ手腕はなかなかのものである。

散文と詩が交互に現れるという点では、『源氏物語』『伊勢物語』『おくのほそ道』みなそうで、これはどうしようもない日本語の体質なのか、癖なのか。

悪く言えば、散文だけで押し通してゆけない弱さかもしれないし、良く言えば平板な叙述に耐えきれず、詩歌で飛躍し、また気をとり直し叙述に戻る――つまり詩心の芳醇とどめがたし。いいんだか悪いんだかよくわからない。ただそういう癖を濃厚に持っているのである。一番最初の『古事記』にすでに現れてしまっているというのがおもしろい。

アメリカのライシャワー駐日大使が、任を終えて帰国するとき、「日本は詩の国である」という言葉を残した。当時、私は「これほど詩がかえりみられなくて、どうして詩の国?」といぶかしく思ったのを覚えている。

その時いぶかしく頭をよぎったのは、現代の自由詩だったわけだが、考えてみると、俳句人口、短歌人口を含めたら厖大な数になるだろうし、職業を問わずなにかにつけて一句ひねる——こういう国柄は珍しいのかもしれない。

「日本人はたいていの人が百篇の詩をそらんじている」と言って驚く外国人がいるが、それは百人一首のことで、外国人から見れば短歌も俳句も自由詩もまったく同じポエジーにみえるのだろう。

もしかしたら、ライシャワー大使は「日本人はあまりにも情緒的にすぎる」と言いたくて、「詩の国」になったのかもしれないけれど。

今でこそすたれたが、むかしは辞世というものもあって、この世を去るにあたっての感慨を述べる伝統もあった。駄句、駄歌も多いが、しみじみと身に沁むものもある。

風さそふ花よりもなほ我はまた
　春の名残を如何にとやせん　(浅野内匠頭《たくみのかみ》)

三十五歳にしてはなんといううまさだろう。切腹前にさらさらとこんな歌が詠めるとは。クヤジイの思いを幽艶なものに転化している。日頃の歌の素養がなければ、かなわぬことだろう。

つひにゆく道とはかねてききしかど

きのふけふとはおもはざりしを　（在原業平）

平安時代の歌ながら、切実に実に切実に今日の歌でもある。真実を摑んでいれば、時代なんかやすやすと飛び越えるということだろう。

今、散文を書いていたつもりが、いつのまにか詩歌がまぎれこんできて、追い出すわけにはいかなくなる。やはり歌物語の伝統につながってしまっているのだろうか。考えてみると、私の書いてきた散文はたいてい歌物語に類するものだった。

金子光晴の詩集『人間の悲劇』や『IL』も、散文と詩とが交互に現れる構成だった。二つともすばらしい詩集だが、出版された当時、ある批評家が「散文と詩とが有機的につながってゆくなんとも斬新な手法である」と書いていた。おかしくて笑ってしまった。

これこそ古くからの日本のお家芸ではありませんか。ただ蘇生のしかたが新しいというだけであって。

女へのまなざし

きちんと調べたことはないが、金子光晴の全作品のうち、その半分以上は女がテーマになっているだろう。

「僕のしごとにしても、ことごとく女性に捧げるつもりで書いたものが多く、エロティカルということは、もっと女の近くにいたいという意欲の端的な心入れ」

と本人も書いている。こどもの頃から満七十九歳で生涯を終えるまで、よく飽きもせず女を視《み》つづけたものだと感心する。

まだ二十代の青年の頃、京都で二、三か月、ふらふらしていて、吉田山の下宿先のカリエスの娘と交渉を持つに至る。身体障害のその娘のやさしさにほだされて、結婚さえ考えるが、「金子さん、偉うなっておくれやす」という言葉に送り出されるように京都を去る。

その時、京都駅にその娘の母親が駈けつけてきたので、すわ、いかばかりなじられるかと身がまえると、その母親は、

「あんさん、うちの娘をよくぞおんなにしてくれはりました。一生、男を知らずに終るところでした」

と、丁重に礼を言われて、二度びっくりして、

「その時、女というものがわかったような気がした」

と言っている。どうわかったかは書いていないが、女の性が植物などと同じく、気まぐれな風や昆虫によってしか結実しない〈待つ性〉であることが心底納得されたということではなかったろうか。もっとも今は攻撃的な女の性もあるわけだが、そこを読んだときなぜか、ドキッとした。ここに限らずドキリは多い。

わかったならそれでいいようなものだが、その後の女性探究はさらに果敢さを増してゆく。

讃嘆、憧憬、嫌悪、侮蔑、あんぐり驚愕、愛惜、未練、嫉妬、コキュの味、頽廃をさえたっぷり含み、はては孫娘をみる祖父のまなざしまで加わり、あらゆるものが出揃っている。

やぶれかぶれの遍歴に一見みえるが、明治生まれの男性でこれほどていねいに、ていねいに、女ととことんつきあった人は稀であろうと思う。女という異性を通して人間を視るということだったのかもしれない。

しかも日本の女ばかりではなく、中国、東南アジア、ヨーロッパと多彩で、女を通し

てそれぞれの国の文化の内奥に迫るという回路を持っていた。

性愛においても「ヨーロッパに比べたら、日本人は子供のようなもので、だから西洋人のように老けないのかもしれない」と言われては、吹き出しながら納得させられもする。

女たちへのシンパシイに溢れながら、科学者の持つ冷静な眼のようなものも同時に感じさせられる。冷徹ではあるが冷酷ではない。これは永井荷風の女への対しかたなどに比べるとよくわかる。

そして対象を捉えるのに一切観念を含まない。みずからの耳目、手で摑んだものしか信じないようなところがあって、それがいつまでも古びないフレッシュな切口をみせているのだ。

敗戦直後、ほとんどすべての日本語という日本語は色褪せた。その時、ひとり金子光晴の詩と散文だけが身に沁み通ったという経験を持つ人々は多い。

洗面器の詩はあまりにも有名だが、こののち、どんなに新しく風俗が変ろうとも、「しゃぼり　しゃぼり」の卓抜な擬音は生き続けるだろう。遠慮がちにするときはみんなこの音になる。自分の音としても、きれいなデパートのトイレの隣から聴えてくる音としても、そして老人の介護のなかでも「ああ、しゃぼり　しゃぼりねえ」と。

古池に飛び込む蛙《かわず》の音と同じ、寂寞《じゃくまく》の水音である。

セックスに関しても、

「天地の無窮に寄りつくために、人間に残されているのはセックスしかない」

というところがあって、今までのところ、これにまさるセックスの定義は見つけ出せないでいる。空々漠々の宇宙に対抗するためには鎖の輪のように連なって、種を保存してゆくしかない生きものの本能――そういう観点に立てば、セックスに美も醜もありはしない。いくらか滑稽で、いじらしいばかりである。

ヒッピーの元祖でもあり、西行や芭蕉、山頭火など放浪型の詩人はこの国に多かったが、女（妻）づれで、いちかばちかの外国放浪を果したのも初めての人ではなかったろうか。

「モンココ洗《あら》い粉《こ》」「ジュジュ化粧品」の嘱託となり、パッケージや広告担当で大いに売ったから、コピーライターの草分けでもあった。

東南アジアでは、現地に居ついている日本人たちに「いま、良家の奥さま風なのも多くなってきて、銀座は乱れてきてます」などとオーバーに話すと、みんな目を輝かせて聞き、一宿一飯の恩義にあずかるというふうで、今の週刊誌のやりかたは、かつての僕の稼ぎかたとまったく同じだから、まあ僕が元祖みたいなものとも言っている。

金子光晴と恋に落ちた森三千代が、妊娠してしまい、そのため、お茶の水女高師を退学させられ、中学校長だった三千代の父は、一度は驚いて駈けつけるが、二人を引き離そうとした事実はなく、むしろ終生、支援の側に廻っている。

中国で出会った魯迅も、金子光晴に好意を持ったようだし、この二つのエピソードから、彼はただの根なし草の、へらへら坊だったのではなく、どこか見どころのある魅力に富んだ若者だったのだろうと思う。

詩人としての大きな特質は、日本語のツボの在りか、その押えかたを、憎いほどよく心得ていた人だったと言える。

からだのなかの無数のツボを誤たず取り押えれば、神経、血脈、せんせんと滞りなく流れ出すように、金子光晴の作業は、日本語に歓喜の声を挙げさせている。これもどこか女を扱う手つきに似ていなくもない。

からだのツボに比べたら、言語のツボは無限といっていいほど多い筈だが、日本の詩歌の伝統のなかで、まだ誰にも発見されていなかった新しいツボであったのだ。「美しいものは穢《きた》ない。穢ないものは美しい」という領域で、ことばの鮮烈さは、思考の鮮烈さということでもある。

その生きかたを、簡単に参考にはできないし、応用もできないのと同じで、下手に真似をすれば命とりになるだろう。

初期の『赤土の家』『こがね虫』から見ると、一朝にして成ったものではなく、永い間の紆余曲折、修練のはての結果であることがわかる。カミソリの刃一枚あれば小鮒《こぶな》もさばけるという器用さがありながら、詩人としてはけっして器用な人ではなかった。完成度の低い作品もあるし、詩集としても不発なものが幾つかある。

散文もすばらしいが、理路整然とはしていないし、片々たる雑文のなかに見逃しがたい素敵な行が光っていたりして、こんなところに深い思索を破片《かけら》のように投げ出さないで！　と悲鳴をあげたくなることもしばしばだ。全体としてみれば、ゆるやかに有機的に結合しているのだが、部分や抄だけではとうていその全貌を捉えきれない、なかなか困った人なのだ。この選集（『ちくま日本文学全集』）も、いくつかの入口の扉を示してくれているにすぎないだろう。

私が実際に金子光晴と会ったのは、その晩年の十数年間にすぎないが、その頃は一種言いがたい清冽の気を漂わせていた。

書かれたものからくるイメージは、放蕩無頼、流連荒亡の人生といったものなのに、実際の人間は、荒《すさ》んだものや、薄汚い垢、いやな崩れなど一切まつわりつかせてはいなかった。それがふしぎでもあり、虚実皮膜の間かもしれないが、読者としてはかなりだまくらかされてしまうのかもしれない。

さまざまな女性体験も永い間に醸成されて、美酒のごときものに変じ、老いてなお、知的で繊細な男の色気を失ってはいなかった。対座すると、ひどく安らかでくつろげるのである。

飄々とした雰囲気は、すでに女に関する〈免許皆伝〉かとも思われ、さらに言えば、男女の別さえ突き抜けていた。本来、人と人とは対等であるということが、これほど血肉化され、体現できている男性が日本にも居た！　というこころよい驚き。

話も抜群におもしろくて、ある日、

「家にくる家政婦さんがね、もう年なんだけど、ドリフターズのいかりや長介に夢中でねぇ、ぼくはどうも腑に落ちなくて、森（三千代）に聞いたの、そうしたら、あなたその年になってもまだ女がわからないの？　古今東西、女は有名人好きに決ってるじゃありませんか、てぇの」

夫人にかかっては、かたなしであった。

最晩年は、なぜかエロ爺さんを演じてマスコミにもてはやされた。それをにがにがしく思う人は多かったし、批判もされた。戦時中たった一人、反戦詩を書いていた人として、敗戦後にわかに脚光を浴びた時、

「ジャーナリズムの玩具《おもちゃ》にはなりたくない」

と言い放った人としては、確かに矛盾していた。だが、若い時、「つまらない人間になってやろう」と決心して、さまざま実行したら、ひとびとが次々離れ去ってゆき、そ

のひりひりした感触を十分に味わった人としては、首尾一貫している。

八十歳近くになって、エロ爺さんを演じることは、本人にとっておもしろくもおかしくもないことだったろうが、あるいは本当に愉しかったのかしら。そのへんのところは定かではないが、どうも彼一流の「目くらましの術」の一つであったような気がしてしかたがない。

年功序列型は、芸術家にも及んでいて、年をとれば、いやでも大家にまつりあげられてゆく風土。それへの否《いな》。エロ爺さんであれば、権威にされ尊敬される心配もない。中学時代、〈気をつけ!〉の姿勢がうまく出来なくて、ゆらゆらし、〈こんにゃく〉なるニックネームがついたが、終生こんにゃくを通したかったのであろう。これは推定にすぎないが、当初から私にはそのようなものに見えていた。

若い時からたえず反に転じたエネルギーには呆然となる。妻の不倫への対処も、姦通罪のあった当時の常識からは大いなる反であった。思い出してみると、ゾクッとするほど美しい女の描写は、たいてい森三千代夫人に捧げられていて、多くの散文のなかにそれらはひっそりと宝石のように隠されている。

今のような長寿社会になってみると、あまりに年若く逝《い》った人の作品は、なんとなく物足りなくなってくるようである。

「堕落することは向上なんだ」といい、絶望しながら意気軒昂という逆説を生き抜き、八十歳近くまでおどけまくったその生涯と作品こそは読むに足るものになってゆくのかもしれない。生きかたそのものが詩であり、なにしろ日本人の幅を大きく拡げてくれた人なのだから。

道草をくい、てくてく歩き廻り、よそ見ばっかりして、いわゆる大人の分別からも遠く、いったい何だやら……のところもあるのだが、ベルトコンベアに乗り、グリーン車で終着駅まで、あとはさっさと墓場に入っていったつまらない人達に比べたら、彼はゆったりと、おいしい実を、確実に、いっぱい採ったのだ。危険を冒しながら。

それは後の世の人々をも潤してくれるドリアンのような果実である。

平熱の詩

山之口貘の詩のなかで、あまり人の注目をひかない、そして言及されたものも見たおぼえがない、けれど逸することのできない一篇がある。

応召

こんな夜更けに
誰が来て
のっくするのかと思ったが
これはいかにも
この世の姿
すっかりかあきい色になりすまして
すぐに立たねばならぬという
すぐに立たねばならぬという

この世の姿の
かあきい色である
おもえばそれはあたふたと
いつもの衣《ころも》を脱ぎ棄てたか
あの世みたいにおっていた
お寺の人とは
見えないよ

終りの三行が、秀逸である。

かあきい色とは当時の軍服の色で、召集令状がきて、あわてて挨拶に立ちよった知人の僧の姿である。きのうまでの僧衣や袈裟《けさ》をかなぐりすてて、たちまちに兵隊に化けてしまった滑稽さ。

ふだんは、むやみな殺生を禁じ、慈悲の心を説き、煩悩の浅ましさを教え、あの世への解脱を語り、しめやかにお経をあげていた人が、一転、軍服を着て、

「只今より、人殺しに行ってまいります!」

と敬礼するようなものだから、矛盾のきわみである。

もっともその頃は、召集されたら、国の楯《たて》となって死ぬのだ、死ぬのだ、という意識

のほうが強かったが、征けば実態は人殺しだった。僧職に限らず、兵士になってはなんとしてもおかしいよ、という職種はまだある。

今おもえばあたりまえのことだが、一九四〇年代はそこに矛盾も疑問も持つ人はなかった。

私も日の丸の小旗を打ちふって、僧職にあった人の出征を見送ったおぼえがある。そんなに若い人ではなかった。国民皆兵で否も応もなかったとはいえ、日頃の行いからはあまりにもうらはらな変りよう。戦友の弔《とむら》いには便利であったというけれど、それにしても……。

一人貘さんは、その虚を衝《つ》いたのだ。やわらかいはなし言葉で、ポツンとひとりごとのように。けれど内包しているものは鋭くて、このブラックユーモアはこたえる。易しくわかりやすい日本語で、これだけのことが言える。観念語も詩的修飾語も使わなかったことが、詩としてのとびきりの新しさだったのだ。更に上等なのは、肩の力がふわりと抜けていることとである。

推敲の鬼とも言われた人で、一篇の詩を完成させるのに、二百枚も原稿用紙を消費したと伝えられ、「ちょっとぱあではないか」と当時から、からかわれたりしているが、今読んでみると、やはりそれだけのことはある。実にやわらかいが、助詞ひとつ動かせない硬質さでぴたりと定まっている。推敲はむずかしく、へたにいじりまわすと最初の生気が失われてしまう。そのへんの呼吸はよく心得ていた人のようだ。

山之口貘は沖縄県出身で、若い頃就職しようにも「チョーセン・オキナワお断り」の貼紙に何度も苦汁を飲まされ、定職につけず、ルンペン詩人と呼ばれた時代もあった。貧乏においても右に出る者なしだったが、生涯、精神の高貴さを失わなかったことでも知られている。

日本の社会から疎外された境遇が、このように曇らない眼、歪みを見据える眼を持ちえた原因なのだろうか。狂気、異常、狐憑——今ならばなんとでも言える一九四〇年代、たいていの人が、こころの方は、三十八度から四十度くらいの高熱を発し沸騰していた。からだのほうも栄養不足の結核で微熱を発している人が多かった。

そういうなかで身心ともに、平熱三十六度を保ちえた山之口貘の冷静さ。ふしぎである。

どうして？　と何度も問うてみるが、幾つかの理由は考えられるものの、はっきりした答を引き出すことができない。

かつて高熱を発していた詩は、一見有効そうに見えていたのだが、アッというまに引潮にさらわれて行方も知れず消えてしまい、貘さんの詩は残った。

昂揚感というのもいいものだが、それも恋愛とか、学問上の発見とか、仕事のよろこび、スポーツの達成感など、内発的なものに限られる。他から強制されたり操られたり時代の波に浮かれたりの昂揚感は化けの皮が剝がれた時、なんともいえず惨めである。その惨めなものを沢山見てきてしまったような気がする。自分自身のこととしても。からだもこころも平熱であるにしくはない。そして、平熱はたえず試されるものであるらしい。うっかり風邪をひいてさえ、そのことを思う。

尹東柱について

ソウルの本屋の詩集コーナーの熱気は凄いと、かつて書いたことがあるのだが、見たことのない人は半信半疑で「本当なんですか？」と言う。

二年ほど前、ソウルの本屋で詩集を探していた時、隅っこのほうで、中学生らしい女の子三人がかたまって、一人が一冊の詩集を澄んだ声で朗読し、他の二人はせっせと音を頼りにそれを書き写していた。

「誰の詩集？」

と韓国語で声をかけてみたかったが、ドキッとさせるのがかわいそうで、思いとどまった。書店は大目に見ているらしいのだが、詩集を買わずに書き写すのは、幾分うしろめたい行為であるらしく、隅っこのほうだったり、しゃがんだりしている。しばしばこういう光景に出会う。

中学生や高校生のお小遣いでは、一冊の詩集はかなり高価なものにつくのだろうか。そのかたわらをそっとすり抜け、ふりかえった時、詩集の背表紙の写真が目に飛び込んできた。

「ああ、尹東柱《ユンドンヂュ》！」

尋ねたりしなくてよかった。中学生に見えたが、あるいは高校生だったかもしれない。いずれにしても、こんな若い少女たちに愛され、抱きとられている尹東柱という詩人のことが、改めてじんと胸にきた。忘れられない記憶である。

韓国の新聞では、何年かおきに、読者による詩人の好選度（好感度）というのが載る。二度見たが、二度とも第一位は尹東柱で、他の詩人は乱高下がはなはだしい。これからもきっとそうだろう。詩人の名前を見ると、老若男女、無作為にアンケートをとっているのがわかり、公正なランキングをめざしているようなのだ。学校でも教えるし、たぶん韓国で尹東柱の名前を知らない人はないだろう。もはや、受難のシンボル、純潔のシンボルともなっているようだ。

けれど、日本ではあまりにも知られていない。日本へ留学中、独立運動の嫌疑で逮捕され、福岡刑務所で、一九四五年、獄死させられた人であるというのに。

『ハングルへの旅』（朝日新聞社、一九八六年刊）という本を出した時、尹東柱に触れた一章を書いたのも、こういう詩人が隣国にいたことを、少しは知ってほしいと願ってのことだった。それが筑摩書房の国語教科書（高校用）に掲載されて、教材の一つになった。

検定を通すために、当時、編集部の野上龍彦氏が払った努力は並たいていのものではなかった。

粘り勝ちに見えたが、このことはむしろ韓国で大きな反響を呼び、いくつかの新聞が取りあげた。〈日本もようやくにして尹東柱を認めたか……〉という長嘆息を聞くおもいだった。

ただ私自身がそうであるように、教師自身が試されてしまうような教材で、きわめてやりにくいものだろうと想像された。日韓・日朝の近代史にまったく無関心できた人ならば、最初から学び直さなければならないものをも含んでいる。

今までにたった一校だが、成城学園高校の生徒たちの感想文が近藤典彦先生から送られてきた。一クラス全員の感想文を読まされるのは苦しくて、かんべんして！と言いたくなることが多いのだが、この時は丹念に読んだ。どのように受けとめられたのかを知りたかったのだが、生徒それぞれがしっかり把握しているのが感じられ、これは先生の授業内容の成果だったのだろうと思う。

尹東柱の全集――といっても一巻だが、『空と風と星と詩』は、伊吹郷氏の全訳で影書房から出ている。二十七歳で獄死に至るその短い生涯を、真摯に追求した研究も付された労作だった。

このたび筑摩書房から評伝『尹東柱――青春の詩人』が出版された。著者は宋友恵《ソンウヘ》という尹東柱の遠縁にあたる女性で、訳は同じく伊吹郷氏による。

遠縁にあたる立場を駆使して、その生いたちから詳しく辿っているのだが、この原著の叙述の重複を避け、あきらかな間違いは正し、日本人に読みやすいように構成し直す作業もあったようで、訳ばかりではなく編も兼ねている。

人名も例えば最初は宋友恵《ソンウヘ》と漢字にルビで書かれているが、中に出てくるときは、ソンウヘとカタカナばかりになっていて、人物が錯綜してくると、その関係が捉えにくい。むかし少女時代にロシア文学を読んでいて、その人名のややこしさに閉口したのを思い出す。

しかしこれには訳者の強い意志が働いているようで、韓国では現在、自分の名前を記すとき漢字を使わず、ハングルで表記する趨勢になっているので、それにのっとってカタカナで表わしているのだろう。

考えてみれば、外国名のややこしさはなんとか努力して乗り越えてきているのに、韓国・朝鮮・中国などの漢字文化圏の人名は漢字であってほしいと思ってしまうのは、一種の怠慢なのだろうか。それとも、私がすでに古い漢字世代に属してしまっているからなのだろうか。

また、ふしぎでならないのは韓国の人名は、ジャーナリズムやマスコミでその発音に近い音で表記しようと努力しているが、中国人の氏名は昔ながらの日本読みである。

私の詩が中国語訳になったことがあるが、その時は茨木則子になっており、石垣りんは石垣鈴だった。同じ漢字文化圏とは言いながら、なんともはやの流動ぶりである。『尹東柱――青春の詩人』を読みながら、人名のカタカナ表記の馴染のなさが、ネックにならなければいいが、と思う。

尹東柱を理解するために、この評伝から新たに知り得たことも多かった。

父は息子に対して医学部へ行くことを強要するのだが、親おもいの人であったにもかかわらず、尹東柱はこのことばかりは頑として聞きいれず対立、文科へすすんでしまったこと。

父かたのいとこの宋夢奎《ソンモンギュ》とは終生、親友にして良きライバルであったが、そのことが結局、尹東柱の逮捕につながってしまったこと。宋夢奎は中学時代から独立運動に身を投じ、中国に潜入、特高の要注意人物に挙げられていた。

宋夢奎は京大の史学科に入るが、尹東柱は落ちてしまい、立教大学に入学、父は国立大学信仰で、東北大学に移ることをすすめたが、この場合も父親の期待を裏切って、同志社大学に変っている。これもいとこの宋夢奎と共に京都で暮したかったからだろう。東北大学に移っていたら……と思わずにはいられない。

ほのかにおもいを寄せた韓国女性もいたのだが、それを伝える前に相手が別のひとと婚約してしまったために遂に実らなかったのも、妹の証言でわかり、女性には縁なく終った生涯であったらしい。「トンヂュは顔だちもよく、街に出ると女学生からつくづく眺められることもあり、女から言葉をかけられることもあった」という美青年であったにもかかわらず、である。

獄死の真相も、新しい多くの証言が集められているが、あまりにもばらばらで、ますます謎を深める結果になっている。

ただ遺体に立ち会った親族の一人が「棺のふたを開けると、〈世の中にこんなこともあるのですか?〉とトンヂュはわたしに訴えているようだった」とあり、それがなんだかこちらにも見えてくるような気がした。

「日本の若い看守が一人ついてきて、われわれに〈トンヂュが亡くなりました。ほんとうにおとなしい人が……亡くなるとき、なんの意味かわからないけれど、悲鳴をはりあげて息をひきとりました〉と言いながら、同情する表情をみせた。」

とも証言している。このことは今までにも知られていたが、若い看守であったこと、同情的であったことは、この評伝で初めて知ることができた。若者という若者はすべて狩り出されていた一九四五年頃に、看守をしていた若者とは、どういう人だったのだろう。

そしてまた、なんの意味かわからなかった絶叫の中身——そこに嵌るべき言葉は何だったのだろうか。

一九九〇年、尹東柱の甥にあたる、尹仁石《ユンインソク》さんに東京でお目にかかる機会があった。

あかい額に冷たい月光がにじみ
弟の顔は悲しい絵だ。
歩みをとめて
そっと小さな手を握り
「大きくなったらなんになる」
「人になるの」
弟の哀しい、まことに哀しい答えだ。
握った手を静かに放し
弟の顔をまた覗いて見る。
冷たい月光があかい額に射して
弟の顔は哀しい絵だ。

〈弟の印象画〉（伊吹郷訳）という詩に出てくる弟は、尹一柱《ユンイルヂュ》氏で、その子息が仁石《インソク》氏だった。〈弟の印象画〉は素朴だけれど惹かれるものがある。あかい額というのは陽にやけた赤銅色であるだろう。この詩の書かれたのが一九三八年であったことを思うと、「大きくなったらなんになる?」という兄の問いに「人になるの」と無邪気に答えた弟に、今の状態では人間にすらなれまいという暗然たる亡国の憂いがきざして、まじまじと顔をみつめるさまが伝わってくる。

時移り、一柱《イルヂュ》氏はりっぱな〈人〉に成って、兄の仕事を跡づけ、今見るような形にしてくれた人で、ゴッホにおける弟テオのような役目を果した。たった一度お目にかかったきりで、一九八五年に逝ってしまわれたが、その印象はきわめて鮮かで、私の視た、最高の韓国人の一人に入る。

子息の仁石《インソク》氏は、留学生として日本に来ていて、現在はソウルへ帰国し、成均館《ソンギュングアン》大学・建築工学科の助教授になられた。中村屋でライスカレーを食べながら話したのだが、その折、きれいな日本語で、

「(容姿が)ぼくは父にはまさると思っていますが、伯父(尹東柱)には負けます」

と、いたずらっぽく笑った。

静かだけれど闊達で、魅力的な若者だった。そしてまた、

「伯父は死んで、生きた人だ——とおもいます」

とも言われた。

私も深く共感するところだった。人間のなかには、稀にだが、死んでのちに、煌めくような生を獲得する人がいる。尹東柱もそういう人だった。

だが、彼をかくも無惨に死なしめた日本人の一人としては、かすかに頷くしかなかったのである。

韓《から》の国の白い花

梨の花

南原《ナモン》は、「春香伝」の舞台ともなった古都である。

この街を、ぶらぶらと、長い土塀ぞいに歩いていたとき、前を行く老婦人の後すがたが目にとまった。

白いチマ・チョゴリを着て、きっちり結いあげた白髪まじりの髷に、ピニョという簪《かんざし》を横一文字にピッとさし、悠然と歩いてゆく。

この国の人たちは、みな姿勢がいい。

背すじをピンと立て、腰のあたりになんともいえない威厳がある。

〈威あって猛からず〉の風姿である。

こういう姿には久しぶりに出逢ったような気がして、ほれぼれとした。

どこの国でもそうだが、民族衣装というものはいい。

その国のひとたちにしっくりと似合う。着物を捨ててしまった私は、いささか哀しくそのことを憶う。

チマ・チョゴリも、若い時はかなり派手な色を着るが、年をとると、白か、薄い水色のものを着ることが多い。

一番心惹かれるのは、白を着た女性たちである。

白なら誰でもいいかと言えば、そうはいかない。チマはロングスカートだから、歩く便利さのためか、腰のあたりを紐でしばり、たくしあげてだらしなく着ている人もいるが、あれはいただけない。

白を全身にまとうというのは、よほど気持がシャンとしていなければ、着こなしは難しいものだろう。

この人は特別だ。

じぶんの後を、異国の人が、そんな強列な印象を受けつつ、目で追っているとはつゆしらず、暮れなずむ街角を、ふっと曲って消えた。

もしかしたら、折しも満開の梨の木の精であったかもしれない。

そんな余韻を残して消えた。

野の花

野に咲いている花をみて、

「あれは、なんという花？」

と尋ねてみても、韓国では、

「さあ、知らない」

という答が返ってくることが多い。

そう言えば、詩の中に出てくる場合も、「野の花」ですませていることが多いのだった。

いちいち名前なんか書いてはいない。

改めて日本語のことを思うと、かそけく咲いている野の花にも、なんと沢山の名前がついていることだろう。

雀のてっぽう
あつもり草
ほととぎす

ぺんぺん草
われもこう
ゆきわり草
まむしぐさ

分類し命名せずんばやまずのいきおいで、方言も加えたら、どれぐらいになるものか。日本人の緻密さ、韓国人のおおらかさ、それぞれである。

そして、訪れた韓国人の家で、花が生けてあるのも見た記憶がない。しりあいの韓国人に聞いてみると、花を生ける習慣がないのだと言う。

部屋に花がないと、なんとなく淋しいと思う日本人と、これも大きな違いである。

野草であれ、高山植物であれ、珍しいものをみつけると、思わず引っこぬき、盆栽や庭に植えて、我がものとして愛《め》でなければ気がすまない日本人と、

〈花は野に置け〉

の韓国人との違いでもある。

旅で逢う花

慶州《キョンジュ》の近くの仏国寺かいわいで、おもいもかけず、まっさかりのライラックに出逢った。

仏国寺近くの農家の庭さきに、白と紫、二本のライラックが咲き匂っていた。

燭をかかげたような花が好きで、その匂いも好きで、〈やあ!〉という感じで、しみじみと眺めた。

我が家にも一本あって、大事にしていたのだが、枯れてしまったのだ。

異国で、じぶんの好きな花に出逢うのは、また格別である。

牛をひっぱってきて男が、のっそりとその庭さきに入っていった。

そこを離れて、しばらく歩くと、すっと近寄ってくるものの気配。

赤ん坊を背負った三十歳ぐらいの女性だった。

「宿は決っているか?　決っていないのなら、家へ泊れ」

という意味の韓国語だった。

どこで見ていたのだろう?　民宿でも営んでいるらしかった。

「宿はもう決っている」

と答えると、残念そうな顔で去った。

やつれた姿だったが、なにかしらあたたかいものが残った。

くくりつけられ、無心に笑っている赤ん坊のせいだったかもしれない。

もう十年も前の話だが、今でもライラックを見ると、あのときのことが、なつかしくよみがえってくる。

旅さきで出逢った花は、意外にも永く心に残るものであるらしい。

一本の茎の上に

人間の顔は、一本の茎の上に咲き出た一瞬の花である――と感じるときがある。硬いつぼみもあれば、咲きそめの初々しさもあり、咲ききわまったのもあれば、散りかけもあり、もはやカラカラの実になってしまったのもある。美醜も気にならなくはないけれど、私が関心を持つのはもっと別のことで、

――あ、ツングース系。

――ポリネシアの顔だわ。

――なんともかとも漢民族ねえ。

――まごうかたなきモンゴリアン！

そのよってきたるところの遠いみなもと、出自に思いを馳せてしまうのである。口には出さない。ただ心のなかで〈やや！〉と思うだけである。

電車やバスのなかで、あるいは初対面の人をいつもそんなふうにしげしげと眺めているわけではない。ふだんは何も感じないし、変哲もなき日本人なのだが、ある日、ある

時、向こうのほうからパッと飛び込んできて、こちらをひどく刺激する顔というものがあるのだ。

これは私ばかりではなく、多くのひとびとの想念をしばしばよぎるものでもあるだろう。とっさに感じるそれらが当たっているものかどうかもわからない。ただ、あれこれ想像をほしいままにするのがたのしい。

ポリネシア型だと言っても、その人の家系が代々そういう顔だとは限らない。血のなかに伝わってきたある因子が、ただいま現在、偶然のように表に強くあらわれているのだろう。

風や鳥に運ばれてきた種子のように、あちらこちらを転々とし、ちらばり、咲き出て、また風によって運ばれて……。

人間も植物とさして変わりはしない。そして今、はからずも日本列島で咲いている。

そんな感慨を持つのである。

友人に、肌の色が透きとおるように白いひとがいる。彼女の言によれば、

「遠い昔、北欧の船が島根県に漂着したことがあって、そのまま土地の娘と結ばれて、それが私の母かたの祖先なの」

と言うのだが、その顔立ちと肌の白さはその言を信じさせるに足るもので、ヨーロッ

パ系も数は少ないがいろんな形で入ってきているのだろう。

インド系は少ないなと思っていたら、先日新幹線のなかでばったり出会った。居た！日本人でありながら、なんともインドであった。

東北地方にはスラヴ系が多い。子供のころ、親に連れられての旅の途次、道ばたで道路工事をしていた女性のなかに、腰を抜かさんばかりきれいな人を発見したが、今にして思えばあれはスラヴ系美人であったのだ。

韓国から旅行で来たおばあさんが、テレビを見ていて、日本のある政治家の顔が大写しになったとき、思わず興奮、指さして「おお、ハングクサラㇺ（韓国人）！」と叫んだという話も忘れがたい。

私はと言えば、シルクロードあたりをうろうろとさすらい、追いたてられて東へ東へ――やがて南へと移動してきた胡族の末裔《まつえい》ではないかと思っている。その道すじを、なんだかぼんやり記憶しているような気がするのだ。

日本は長い歳月のあいだに、ゆったりと混血をくりかえし、攪拌よろしきを得て、あまりダマができずに練りあげられ、いつのころからか日本人というものに羽化していったのだろう。混血がかなり濃縮、成功した例だろうが、成功と言っても計画してそうなったわけでもなし、偶然みたいなものだから、特別誇るべきことでもない。

いまだに「日本は単一民族だから優秀なのだ」と見栄を切りたがる人がいて困る。単一民族という時、日本人の顔、顔、顔がそれを大いに裏切っているのは愉快である。なんとなくみんな「自分は純粋倭種」と思い込んでいるみたいだが、純粋倭種って何だろう？　日本列島が大陸から切り離された時、不覚にもそこに取り残されたのがどんなひとびとであったかは、おおよその察しがつく。

人口は少なく、心細げにパラリとちらばっていて「しかたない、この島で生きて行くぅ？」と顔見合わせたのが祖型と言えば祖型。

そこへ北から南から波状をなしてたどりついた人々が混じりあい構成されてきたものにすぎないだろう。

テレビの効用の一つと思われるものに、居ながらにして世界各国のひとびとの顔が、その表情と共に見られるということがある。特に日本のテレビは好奇心満々で、あらゆるところに分け入って見せてくれる。三十年ほど前は考えられもしなかったことだ。

それが視聴者に、いったいどのような意識の変化をもたらしているものか？　いないものか？　興味をそそられるところである。

チベット族を見て「あ、親せきのだれそれにそっくり」とか、フィリピンの老人を見ていて、古い恩師の顔をふいに思い出したり、「いろんな所から来たものだ」と、しみじみ思ったりするのではないかしら。

ついせんだっても、山高帽をかぶったインディオ族の女性の映像を見ていたら、久しくごぶさたの一人の友人の顔をなつかしく思い浮かべてしまった。インディオとの類縁もまたあるらしい。

はるけきものかな。

内海

ふつうに地図をひろげれば、日本は大陸にぶらさがったネックレスのようにみえる。小さいからチョーカーというところか。

飛行機でかなりの高度から見ると、大海原にふわっと落とされた青いスカーフのように見えると言った人もいる。

こんな感覚から少しもはずれずに来たのだが、ある日ある時、愕然とさせられたことがある。

それは、地図をまったく正反対に、つまり大陸側から見た日本の図に接した時だった。地球の球体をなだらかになぞり、大陸側から眺めると、日本海はまるで内海か湖水のようで、日本列島は向う岸の土手か、堤防のようであった。

なるほど、こういうことであったのか。固定観念をみごとに粉砕された快感でもあり、地図をひっくりかえしてみるという発想が今まで自分になかったことが情なくもあった。

肉眼ではわからないにしても、大陸から見れば内海を漕ぎ渡り、向う岸に着く程度の距離感だったかもしれない。

渡り鳥が行ったり来たりするのを見て、向う岸にも温暖な陸地があると察したのかもしれないし、それよりも以前、海水がどっと流入する前の地殻変動、陸つづきだった頃の記憶もあったのかもしれない。実際に陸橋があったかもしれない。

海上の道も何世代にもわたって発見されていったことだろう。日本海沿いは、裏日本、山陰、みちのく、などと言われまるで裏口のような暗いイメージで扱われてきたが、古代にはこちらの方が断然表玄関であった筈である。

今は環日本海圏と名づけられ、ひとつらなりのものとしていろんな分野で交流や研究が進んでいるようだ。若い頃読んだ考古学の本には、「出雲には近畿に匹敵するような文化があったとは思われない。それを証とする出土品がまるでない」とれいれいしく書かれていて、そうなのかしらと信じこまされていたのだが、最近の日本海側各地のめざましい発掘で、それも覆えされつつある。縄文時代も、想像をはるかに超える高度な文化を持っていたことが、今年（一九九四年）青森県三内《さんない》丸山遺跡発掘などで、次々明らかにされている。

戦後まもなくの頃、まだはずされていなかった天孫降臨図を指さして、小さな子が「あのおっちゃんら、雲の上でなにやってんのん？」と尋ねたという話を何かで読んで、いまだに忘れることができない。一夜あければ空から天降ってきたというわれらが始祖もかたなしで、荒唐無稽のおっちゃんらになりはてた。

今の六十代以上の人々は、神話を歴史と叩きこまれて、神州日本、特別じたての神聖で清潔無比の国と教えられた。なんのことはない、ユーラシア大陸からみて、内海を挟んだ土手のように細長い土地だったのである。

大陸のかけら、かろうじて破損をまぬがれた縁側みたいなものである。かなりがたぴししているから橋をかけたりトンネルを通したり、ここへきて補強が進み、ひとつのものとしてなんとか連結させようとしている。しかもここに棲まいいたす者は、この地が東洋の一隅とは思っていないかのごとき不埒《ふらち》。

（わずか百年ぐらい前からのことではあろうけれど）

内海をはさんで古代も現在もただ人々の往来があるばかり、鳥取の砂丘で遮るものひとつない日本海を見ていたらそんなおもいがどっと来た。

あたりまえのことがわかるまで、得心がゆくまで、私などなんと長い歳月を要してしまったことだろう。

涼しさや

幼い頃、祖母に山形県の羽黒山縁起のはなしを聞かされたことがある。むかしむかしなんでも皇室に、どうしようもなく醜悪な皇子が生まれてしまって、仕方なく羽黒山まで来て捨てたというのである。蜂子皇子《はちこのおうじ》という、その子が大きくなって、羽黒山をひらき、修験道の開祖になった。祖母の東北弁によれば、

「あんまりめぐさくて、羽黒山さ、うたられたあンだと」

ということだった。

子供ごころにもその王子様がかわいそうでならなかった。それほど奇怪《きっかい》だったのだろうか？　ハチコという名もふしぎだった。弟と二人、叔父に連れられて羽黒山に登ってきたばかりだったので、あんな深山幽谷に捨てられて、夜なんかどうしたのだろう？　昼なお暗くうっそうとした杉林を思い、獣の声なんかも聞えるようで、ぞっとした。籠に入れられた捨子のイメージだった。

昭和十二年頃のはなしである。

忘れるともなく忘れていたのだが、あれから五十年ぐらいを距《へだ》てて先年羽黒山に登った。昔は一の坂、二の坂、三の坂と二千五百段も続く石段をふうふう言って登ったもので、中ほどの茶店で力餅をたべて、気をとり直して、また一歩一歩登ってゆく。けれど今はバスや車で頂上近くまで難なく行ける。その分、山の印象は淡くなる筈である。

山頂の歴史博物館で『蜂子皇子物語』（斉藤信作著）という本を買った。不意に昔きいた祖母のはなしがよみがえり、いったい蜂子とはどういう人？　という興味で読んだのだが、なんと蜂子というのは、六世紀末、飛鳥で蘇我馬子によって暗殺された崇峻《すしゅん》天皇の皇太子だったのである。知らなかった。知らなかった。

母の郷里である山形県の庄内地方には子供の頃から何度となく行っていたのだが、こういうことを語ってくれた人はいなかった。斉藤信作氏は地元で地道に研究を続けられた郷土史家であった。

地方へ旅すると、そこでしか買えない本を求めるのが一つのたのしみになっているのだが、『蜂子皇子物語』には驚かされた。改めて日本書紀などもめくり、二つを比較しながら、この年まで知らずにきた発見の喜びに酔わされたのだった。

羽黒山のふもとで育った知人の誰彼に蜂子皇子のことを尋ねてみたのだが、この山を敬し愛しながらも、さて、彼のことは殆んどの人が知らなかった。地元の人は郷土史にあまり関心がなくて、むしろ遠方の人が調べて、あこがれ、訪ねてくるというのはどの地方でもよくあることである。

日本の歴史のなかで、島流しにされた天皇はあるが、在位中に殺されたのは崇峻天皇だけではなかったろうか。殺したのは東漢直駒《やまとのあやのあたいこま》という渡来人だが、その背後には蘇我馬子がいた。邪魔ものは、ばしばし殺した時代である。

このあたりは入り組んでいて、その度に系図をみなければわからなくなってしまうが、崇峻の皇太子——蜂子と、聖徳太子とは、いとこどうしになっている。

父王を暗殺され、追討の及ぶのを恐れた蜂子皇子は、東北へと逃れ出た。敦賀の港から逃れようとしたが、追手が待ち伏せていたので、丹後の由良《ゆら》から日本海沿いに船でみちのくへと姿をくらませてしまったのである。

佐渡にしばらく逗留し、それから庄内地方のその地名も同じ、由良に上陸し、羽黒山へ入ったという。由良とか加茂《かも》という地名は各地にあるが、これはある集団の移動の跡を示しているようである。

蜂子皇子も、やみくもに東北地方へ逃れたわけではなく、情報は現代と同じくらいに密だったのかもしれない。

神話に出てくる月読命《つきよみのみこと》は、わけのわからん神様であるが、月山はその神の住まうところという。記紀にちらりと名のみ出てくるアマテラスの弟、月読命は、疎外され追いやられた或る種族の象徴だったのかもしれない。

やはり神話時代の、神武に敗れた長髄彦《ながすねひこ》が秋田・津軽あたりに定着した伝承もあるし、この書ではじめて知ったのだが、庄内地方には、出雲の事代主命《ことしろぬしのみこと》をまつった神社が各地に沢山あるという。大国主命の大和への服従——国ゆずりに対して、その子、事代主命は出雲の美保関で入水したことになっているが、そのまま生きのびてか、あるいはその一族が北上してこの地に定着したのかもしれない。

日本海沿いには対馬海流が秋田あたりまで北上しているし、新潟県の村上あたりの海は〈笹川流れ〉と呼ばれているところがある。海のなかに一すじの川のような潮の流れがあって、それに乗れば飛ぶがごとしということが、大昔から知られていたのだろう。

崇峻暗殺より前に、排仏派の物部氏が滅亡している。その残党もまた、東北をめざし、流浪しながら、秋田あたりに定着したらしい。

いずれにしても、みちのくは古代、反主流派の重要な亡命ルートであったわけだ。のちに源義経も同じルートを辿ることになる。

蜂子皇子の画像が羽黒山にあるが、これは江戸時代に描かれたものだそうで、山伏修行からの連想なのか、顔はまっくろ黒砂糖いろ、口は耳まで裂け、鼻は垂れさがり、眼光炯々《けいけい》、容貌魁偉、どう見ても邪悪な相である。これを見た里人たちは六世紀末から七世紀時代のことはとっくに忘れ、あまりに醜悪で羽黒山中に捨てられた皇子というイメージが抜きがたく出来あがってしまったのかもしれない。それが祖母の口から洩れ出たものだったのだろう。亡命者であれば出自を秘しすべて曖昧にしておく必要があったのかもしれない。

はじめ、羽黒山にいた蜂子皇子は、峰々づたい山駈けをして、月山、湯殿山を含め、出羽三山をもひらいたという。出羽三山は、〈神聖と妖気〉を共に孕んだ山々である。その山々を行けば、日本人の山岳信仰のみなもとがひしひしと感じられるのだ。

このような山々をひらいた開祖は、異形の者でなくてはならず、という人々の憶いが、戦慄をさえ覚えさせる蜂子皇子の画像を幻出させたのではなかったろうか。

夢殿の救世観音は、聖徳太子の面影を写しとったと言われているが、深味のあるいい顔で、最初見たときは釘付けになってしまった。没個性の仏像の中で、強い個性を感じさせてくれる唯一のものである。

蜂子皇子が聖徳太子のいとこであるなら――いとこどうしというものは、他人から見ると驚くほど雰囲気が似ているものである――とすると、現実の蜂子皇子は、おどろおどろしい画像とは異なり、知的で、人を心服させるに足る相貌の持主であったかもしれないではないか。

なぜなら、その事跡として伝えられているのは、今の言葉で言えば、地方自治のリーダーそのものである。羽黒派古修験道を編みだすかたわら、製鉄業、砂金の発見、稲作の導入、つつが虫退治などなど。はじめからあんな化けもののような人物だったら、人々は指導者として仰いだだろうか。

そして、彼はついに大和には帰らなかった。出羽の国のひとびとと共に生きる道を選んで、八十歳の天寿をまっとうしたという。

『古事記』や『日本書紀』を通してみる大和盆地はなにやら広大だが、実際に行ってみると、その狭さに一驚させられる。こんな狭い盆地で権力の死闘がくりかえされていたのか。牧歌的な神話時代とは違って、飛鳥時代になると別人種か？　と疑いたくなるほどに、がらりと一変し、権力奪取のえげつなさがあらわになってくる。神話時代と歴史時代の差と言ってしまえばそれまでだが……。

そんなものはもうごめんだったのだろう。

父王を暗殺され、みずからは流浪の身、大伴氏の出であった母や、妹ともちりぢりばらばら、生涯あい逢うこともなく終った悲運。怨恨や復讐心で燃えたぎったこともあっただろうに、それらを昇華できたのは、仏教のせいであったのかもしれない。

苛酷な運命の受けとめかた、そして、その切りひらきかた。

千四百年の時を距てて尚、人の心を惹きつけてやまないものがある。

山頂には、蜂子皇子の墓があり、宮内庁の管轄になっている。棺のなかには遺体はなくて、ただ杉の葉が入っているばかりという。これもいい。

芭蕉は、『おくのほそ道』で、羽黒山に触れて、「人貴《ひととうとび》且つ恐る」と言っている。もしこの山を語るとすれば、これ以上的確な表現はないだろう。『おくのほそ道』に限らず、芭蕉が句をよんだ地にたたずめば、その土地の精霊《せいれい》を一発で摑みとっていることがよくわかり、ほとほと感嘆させられる。

社殿の裏側は広大な崖のようになっていて、鬱蒼たる原生林、こわいような樹海だった。月山に至る道の両側も、倒木はそのまま朽ちるにまかせ、生えるにまかせ、人間の手は入っていないとも聞いた。

醇乎たる古型。古代よりれんめんとそのように守ってきたとすれば、すさまじいばかりの保守性である。大資本も寄せつけなかったとすれば、あっぱれな保守性である。

芭蕉が羽黒山で、不易流行——不変なるものとはやるもの——その思索を得たと言われるのも、うなずけるほどである。蜂子皇子のことはどの程度知っていたのかはわからない。

ただ「当山開闢《かいびゃく》、能除《のうじょ》大師は、いずれの代の人と云事《いうこと》を知らず」とだけ書いてあるのは、むしろ奥床しい。能除大師というのは後の世につけられた蜂子皇子の別名である。

この地でよんだ三句はみないいが、とりわけ気に入っているのは、

涼しさやほの三ヶ月の羽黒山

である。寝ぐるしい夏の夜など、呪文のように呟くと、からだが覚えている羽黒の山気、涼気がひんやりと漂ってくる。月もみえる。

芭蕉の直観が、蜂子皇子の生涯をも包みこんでいるような〈涼しさ〉でもある。

もう一つの勧進帳

「勧進帳」のあらすじは、たいていの人が知っている。

弁慶のいのちがけのごまかしが功を奏し、義経主従がみちのくへ落ちのびてゆく物語は永く愛されて歌舞伎でもくりかえし演じられてきた。

この話のポイントの一つは、関所の役人、富樫にあるだろう。にせ山伏の一行と気づきながら、弁慶の必死のおもいに打たれて、なんらそれらしき言辞は吐かずに、そしらぬ顔で逃がしてやるという男気。弁慶と富樫の間にピーンと張られた緊張と葛藤。たった一幕なのにそこにドラマが現出する。

富樫がいた関所は、石川県の安宅の関ということになっているが、いいや、それは実は山形県の念珠《ねず》ヶ関であるという説がある。念珠という字が弁慶とゆかりがありそうに思われるが、現在は鼠《ねず》ヶ関というつまらない文字を当てた地名になっている。

調べた人の話では、安宅の関があったと言われる石川県小松市あたりには、富樫という姓を持った人はいないのに、山形県の庄内地方には富樫という姓がやたらにある。かつての横綱柏戸も姓は富樫。

海べの念珠ヶ関から、約三〇キロも内陸部に入ったところに、源頼朝の追及を恐れ、富樫一族が隠れ住んだ砂谷《いさごだに》という集落がある。ゆえに「勧進帳」の舞台は念珠ヶ関であると。

何年か前、このあたりを旅した時、親戚のひとりが車で砂谷まで案内してくれたことがあった。山また山を越え、辺鄙なところに、かくれ里とでも呼びたいような集落が、ひっそりと肩を寄せあっているように在った。

冬は雪が深いところだという。

訪れたときはかがやくばかりの新緑だった。

道に迷って車をとめ、畦道を歩いていたおばあさんに尋ねた。おばあさんは、お国なまりで答えて指さしてくれた。

「砂谷さ行くなあンだか？　ンだば、ここを右さ曲っての……」

ほのかな笑顔のよろしさ。七十代の人に思えたが、久しぶりに実に久しぶりに媼《おうな》という言葉を思い出した。なんともいえない柔和ない人相だった。

なにも求めず、なにも期待せず、おのずから足るの安らかさ。おのずから足るの中身は、この人が生きてきた素朴ではあっても豊潤な或る何かだ。

車が走り出してから「なんていい顔なんでしょう」とおもわず嘆声を放ってしまった

が、同乗の人はさしたる感興も催さなかったらしく無言だった。

むかしの日本の女は、こんなふうに老いる人が多かった。今はけばけばしくっていけない。

老いさえもけばけばしいのだ。

私自身、どうもいろいろと老いにさからっていて、老いを素直に受容することができていない。媼の安らかさ、ああいうものが欲しいと願いながら、最後は正反対の形相になるのでは……と心配である。


ようやく辿りついた砂谷は、山の中腹で、七、八軒の集落だった。少し離れたところに一本の木があり、その下に墓石が一基、それが富樫左衛門尉の墓だという。

富樫はもしかしたら、ぼんやりと山伏の一行を通してしまったということも考えられる。あとで気づいてその失策を責められるのがこわさに、こんな山奥に逃亡してしまったのかもしれない。また、わかっていながら逃したとしても結果は同じであっただろう。

弁慶一行のその後の結末は、かなりはっきりしているけれど、富樫のその後はどうなったかなんて誰も考えずに「勧進帳」を、うっとり鑑賞してきたわけだ。

鎌倉時代の初期に、みちのくの関所の隅々にまで鎌倉の通達は及んでいたのだろうか？　古い時代のことを考えると、つい原始的なものに思いがちだが、あるいは現在とさして変らぬすばやさであり、管理能力があったのかもしれない。

その頃の言葉のやりとりは、どんなものであったのか。富樫の悠然たる庄内弁と、たぶんキリキリシャンであったろう弁慶との問答を想像してみると、なんだかおかしくなってくる。

うまく嚙み合わなかったのではないか。

山の木々のそよぎ。わずかなたんぼのせいせいとした稲穂。そんなものに誘われるように、親戚の一人が、かつて、

「こんなところに住んでみてちゃ(住んでみたい)」

と言ったら、とんでもない、雪が深くて、とても棲めるようなところではない、粋狂にもほどがある、という答が返ってきたそうだ。たしかに車のない時代だったら、どこに出るにも徒歩で四、五時間はかかるだろうという不便さで、戸数もどんどん減ってゆく過疎地だった。

平家の落人伝説のある村々を調べた人の話では、確たる証拠はなく、むしろ山間僻地の暮しの、あまりの辛さに、落人伝説をこしらえ、子孫に伝え、代々それで耐えしのんできたとおもわれるところが多かったという。

富樫逃亡のはなしも、その信憑性は計りがたい。ただ、山菜の精かとも思われたかの清らかな媼の姿が浮んできて、その先祖も心やさしき人々だったのでは……と信じたく

なってしまう。

かくあれかしという願いが凝縮されているような「勧進帳」の原話を形づくってきたのは、いったいどんな人たちであったのだろう。

歌舞伎座の檜舞台をけざやかに踏みならし、みちのくへと消えてゆく弁慶一行もいいけれど、庄内地方の山深くに言い伝えられてきた、弱気とも、気骨あり、とも言える富樫の伝承もまた、捨てがたい。

品格について

木下順二の人と作品――について思いめぐらすとき、まっさきに浮んでくるのは「品格」という言葉である。

人にも作品にも、今どき稀な品格がある。

それは一九四五年の敗戦以降、日本人が失った徳目の最たるもので、負けるというのはこういうことかと、ずっと長い間、情けなく思い続けてきた。書くのは初めてだけれども。

戦前――というのは私の子供の頃なのだが、その頃は農民には農民の、職人には職人の人間的品位というものが、今よりはずっと在ったように思う。これも、ただ在ったような気がするだけなのだろうか。

戦後の混乱を経て、いつのまにやら経済大国ということになって、負けたなんて誰も思わなくなり、傲慢・睥睨《へいげい》の悪癖がまたぞろ悪い遺伝のように、いたるところでたちあらわれてきている。「アメリカやヨーロッパからは、もう学ぶべきものは何ひとつない」

といった言辞を聞くと、ぞっとする。まして東洋などは歯牙にもかけない。金あまり現象と言うが、一人一人はとうてい実感できず、自分だけ損をしているような気分に追いこまれ、労せずして得する方法に乗りおくれまいとじたばたし、なんだかもう日本人の顔つきまでが浅ましくなりゆくばかりである。

個人としても、民族としても、大切な品格を失ったという意識すらないのだから、尚更悪い。

こういう中で、木下順二氏のことを思うとほっとする。木下さんばかりではなく、そういうものを備えた人に会うとほっとする。旅さきや電車の中ですら、たまに会うことがあり、そういう時は「ああ、いまだ地に堕ちず」と安堵したりするのだ。

自伝的作品『本郷』を読むと、その生いたちが、熊本の大地主の息子であったことがわかり、相続は放棄されたものの、そういう育ちだから品格のあるのは当然だと言う人もあるかもしれないが、そういう育ちの人はこの世にいっぱい居る筈で、それが即、その人間の品格に結びつくとは限らない。育ちの良さが仇《あだ》になって、人間として崩れっぱなしという人も多いし、逆にひどい環境で育ちながら「すばらしい！」とひそかに讃嘆を惜しまない品位を備えた人もいる。

威儀を正した端正な姿かたち、しぐさ、たたずまい、そういうものを指すのではなく、長く歳月をかけて自分を鍛え、磨き抜いてきた、底光りするような存在感と言ったら、私の言いたい品格にやや近づくだろうか。かなりの年齢に達しなければ現れない何かである。

はじめて木下さんにお会いしたのは、一九四七年ではなかったかと思う。神田共立講堂で朗読会があり、山本安英さんが石川啄木の短歌を読まれた。文化的なものに飢えていた時代で、ぎっしりの人々がつめかけていた。共立講堂のロビーで、山本安英さんが木下順二さんを紹介して下さった。

ハンチングをかぶった痩せて端正な青年が、そこに立っていた。お茶でもと山本さんに誘われて、神保町の角の珈琲店に寄って、三人で話をした。劇作家志望の青年と紹介されたので、

「今、どういうものを書いていらっしゃるのですか?」

と尋ねると、創作に集中している人特有の、ちょっと暗い表情で、

「女のひとが、余分なものを一枚一枚脱いでいって、ついに裸になるといった、つまりそういうテーマです」

と言われた。

「はァ」

と言ったきり、こちらは黙ってしまったが、心のなかでは、

「なんだか凄い話を書いていらっしゃるんですねぇ」と思った。私は二十二歳ぐらいで、まあ生意気ざかりの頃だった。年譜でみると、木下さんは三十三歳である。あとで考えると、それが戯曲「山脈」で、戦争末期ひとりの女性が、虚飾を脱ぎ去り、人妻の立場も捨てて、烈しい恋によって自己本来の姿を摑んでゆくというテーマで、たしかに裸になってゆくのだった。「夕鶴」もまだ活字にはなっていない頃である。

山本安英さんは、「ちょっと失礼して……」と静かにアルマイトのお弁当箱のふたを取り、夕食をとられた。お醬油をつけた海苔とおかかが交互に段になった質素なお弁当だったが、当時お米を食べるということだけでも、もう大変な御馳走の時代だった。

外食もままならず、どこへ行くにも食糧持参で、劇場の幕間でも席についたまま皆がいっせいに弁当箱のふたをとるガチャガチャという盛大な音が忘れられない。ごはんが入っていればまだしも、たいていはあやしげな代用食のだんごや、パンめくものだった。暖房もなかったから、皆襤褸《ぼろ》に近いオーバーを着たままの、がたがたふるえながらの観劇だった。

なにもかもが欠乏し、風景は荒れはてた瓦礫の山で、住むところもなく、防空壕で暮していたひとびとも多かったが、しかし、「さあ、何もかもこれから！」という熱気がすべてにわたって漲《みなぎ》っていた時代で、まるでその頃の象徴のように、時折なつかしく、あの珈琲店と、おかか弁当と、熱っぽい演劇談を思い出す。

昨年（一九八九年）七月、神田の如水会館で、「山本安英さんと木下順二さんのお仕事を祝う会」がひらかれた。

これは〈山本安英の会〉創立二十五周年と、

『木下順二集』全十六巻（岩波書店）

『シェイクスピア』全八巻（講談社）

の完結を祝う会だった。

神田の共立講堂と如水会館は近いところに位置し、私はなんだかタイムトンネルを往来するような不思議な気分を味わった。

あれから四十数年の歳月が流れたのだ。

立食パーティで、御馳走はいっぱいあり、参会者は華やかで、今昔の感に堪えなかったが、お二人は四十年前とさして変らぬ人間的初々しさで立っていらした。

会は、その主賓の人格がよく反映されるものと言われるが、その日感心したのは、スピーチに立った人の話を皆が実に静かに聴いたことだった。ふつうこういう会は、がやがやと私語に満ち、ろくにスピーチなど聴いていないことが多い。このマナーの良さが印象に残った。そして皆の好意が、さざなみのようにやわらかくお二人に向って寄せているのが感じられた。

この四十数年間に果された木下順二氏のお仕事の質と量を、今さらながらに想い、呆然ともなった。

あゝ
おまへはなにをして来たのだと……
吹き来る風が私に言ふ

中原中也の詩の一節が、ふっと通り抜けていった。

＊

お人柄もさることながら、作品もまた常に格調が高い。戯曲、散文すべてを含めて。エッセイひとつを見てもそうである。そこには下卑たもの、狎れ狎れしいもの、媚びたもの一切がない。木下さんが傾倒しているシェイクスピアの猥雑さもない。

そこを物足りないとおもう人もいるだろう。けれどそんなものは現在、くさるほど溢れかえっているのだから、むしろその稀な清澄さを高く評価したいと私など思うのである。

女性の描きかたにも一種独特のものがある。ふつう女を描くと言えば、どろどろと得体が知れず、残酷、裏切り、計算高さ、自己中心、破廉恥、ばけもの――そういう面をつぶさに描ければ「女が書けている。傑作だ」となるらしいのだが、そういう通念はもはや古風にすぎる。

木下順二の戯曲のヒロインたちは、聖性、純粋、率直性においてきわだっている。かわいらしさ、けなげさ、男性も顔負けの歴史透視力、女の言葉の独立性、夢とうつつをゆききする神秘性、愛の豊かさなどなど。

考えてみると、これらもまた現代、喪失しかかっている大事なものに思われてならない。

「夕鶴」の　つう
「山脈」の　とし子
「風浪」の　誠《せい》
「二十二夜待ち」「おんにょろ盛衰記」の　ばさま
「沖縄」の　波平秀
「陽気な地獄破り」の　手づま師
「花若」の　末娘
「夏・南方のローマンス」の　女漫才師トボ助

「子午線の祀り」の影身

それぞれタイプは異なりながら、いずれもどこか透きとおるような女性たちである。トボ助を除きあとは全部、山本安英さんが演じてきたものなので、山本さんの俳優の質とも切っても切れない関係にあるのだが、こういうふうに描いてくれたということは、女にとってなんと有難い劇作家ではないか。

観おえてのちの後味の良さ、カタルシス、戯曲としての品格の高さも、そのことと無縁ではないような気がする。

すべてにおいて品格があるということは、反面、「偉すぎて、立派すぎて、とっつきにくい」という感想になり、何人かの人にそれを聞いた。これも思うのだが、とっつきやすけりゃいいってもんでもないでしょうと。

この『歴史について』というエッセイ集でも、〈ユーモア〉〈洒脱〉〈人間味〉は十分にたのしめて、いつまでたっても世俗にまみれない書生っぽのようなおかしさもあるのだ。

いつか御自宅に伺った折、応接間の壁面いっぱいに作られた本棚をさして、

「これ、みんな馬の本。来たひとを羨ましがらせてやろうと思って」

と言われた。同じことを聞かされた人はさぞかし多いだろう。『ぜんぶ馬の話』とい

う本もあり、乗馬はなさるし、馬万般に関する権威だが、しかし、この世には馬になんの関心も持たない人も多いのである。そんなことは考えてもみないというところが愉快である。

困ってしまうぐらいの人間味に、もう一つ「言葉とがめ」がある。「鼻濁音がなってない」「アクセントが違う」「終戦記念日ではなくて、敗戦記念日でしょう」「西暦で言うべきである」などとガツンとやられた人は多い筈である。私もずいぶんやられた。あまのじゃくが頭をもたげ、「キリストが生まれた年を元年にした西暦というものも、かなりあやふやなものでしょう？」とか、「鼻濁音のなってないのも、その人の個性とも言えるし……」

心のなかで呟やくときもあるのだが、あえて声にしないのは、滝のごとき反撃にあいそうだからでもある。いつかお寿司屋で、若い板さんに、アクセントの間違いについて物言いをつけた時には、申し訳なくてこちらが小さくなってしまった。その果敢さといったら。

テレビのニュースを観ていて、アナウンサーのアクセントの違いに腹が立ち、憤然と席を立つということもしばしばらしい。こちらはラジオで、国立市《こくりつし》の○○さんというのを聞いて、「そんな市があったっけ？　ああ、国立市《くにたちし》の間違いだ」とわかって、思わず笑ってしまうほうである。私自身そういう間違いをよくするほうだから。

木下さんのように、びんびん言葉に反応しては、さぞかしお疲れだろうと思っていたら、はたして「ことばづかれ」というエッセイがあった。言葉に関して何も感じないで生きてゆける人は「気楽でようござんすネ」と言っている。

私も人並み以上には言葉に関心があるほうだが、木下さんの分類によれば「気楽」のほうに入ってしまうだろう。

けれど、大きな影響も受けている。平成という元号は使うまいと思っているし、この原稿も西暦にしている。終戦という言葉も使わない。われながらおかしいと思うのは、ウェストという言葉を聞くと、木下さんのお顔と音声がかならずチラッとよぎることである。

ウェストは西で、西の寸法を計ってどうなる？　という論。正しくはウェイストだが、現在「ウェイスト」が七十五センチになっちゃった！　どうしよう」などと叫んだら、けげんな顔をされるに決っている。日本の女性は永遠に西の寸法を計りつづけるのか？

この論に触発されて考えてみると、寸法を計るとき、バスト、ウェスト、ヒップあたりは外来語で、背丈、裄《ゆき》なんかはそのままだ。なぜ胸廻り、胴廻り、尻廻りではいけなかったのか。ウェストは一例にすぎず、外来語の使われかたの無定見ぶりが、いろいろと焙り出されてくる。

ときどき思うのだが、木下順二は日本語のお目付役である。いや、大目付かしら。

どんな時代にも、どんな国にも、そういう役目を果すひとたちはいた。今もいる。それも進んでなったのではなく、言語のほうが狙いを定めて、選んでしまったというおもむきがある。

言語はみずから崩れ、乱れに乱れて、しどけなく流れてゆきながら、一方で厳しい看視者を求めるマゾヒズムの性格を併せ持っているようなのだ。この悪女にラブコールを送られ、とっつかまった者はしんどい筈である。

「ことばづかれ」も、むべなるかな。

これも日本語の品位ということに収斂《しゅうれん》されてゆくことである。

だいぶ以前に、或る若い劇作家が「木下さんは兄貴のようなものですから」と言ったことがあった。それは「しっかりした先輩がいるから、ぼくらは安心してあばれまくれる」というふうに聞えた。

これを書くについて、全集のあちらこちらをひっくりかえしながら、改めてその豊饒さ、鋭さ、誠実さ、に打たれてしまった。

若い時からずいぶん読んできたつもりだが、もう一度丹念に読み通してみなければならない作家である。

演劇関係者ばかりではなく、今や日本人のすぐれた長兄として、前を歩いていてくれる大切な人である。

去りゆくつうに

秋も深まりつつあった一九九三年十月二十日、山本安英さんは静かに逝かれた。その人格も芸風も澄んで透徹したものだったから、この冴えた季節にふっと息をひきとられたのは、いかにも山本さんらしいと、庭のすすきの、風にかすかにゆれるさまを眺めながら、今、しみじみと憶っている。

告別式はなかったが、亡くなられたあと、千駄木のお宅に伺うと、玄関に「お花は頂きますが、香典などは固く御辞退します」という意味の書が掲げられていた。

お棺は高いところに安置され、顔も見られないようになっていて、花々に埋もれていた。そして、花束花籠の名札はすべてはずされて、個人名、企業名もなく、ただ花々だけが香気を放っていた。

これもいかにも山本さんらしく、まわりで永く支えてきた人々が、そのお人柄に添って、こうも望まれたろうかというふうに、きれいに覆ってさしあげたのが感じられた。

帰るみちみち、ゆらめきたつように思い出されたエピソードがある。もう五年くらい前になるだろうか、ある雑誌に歌手の美輪明宏氏が書いていた「にわか仕立てでエレガントになる方法はございません」という一文である。

美輪さんがあるラジオ局に行ったとき、その受付に先客がいた。それが山本安英さんで、

「お忙しいところをお手数かけますが、〇〇スタジオはどちらでございましょうか」

と尋ねている。受付嬢は木で鼻をくくったように、

「ここを行って右」

とつっけんどんに答える。

「どうもお手間をとらせまして」

と返して、右の方へ去った山本さんの姿になんとも言えないエレガンスを感じたという。

ありそうな話で、自分が見たのでもないのに、目撃してしまったような印象を残してくれている。

「はきだめに鶴」という諺がぴったりの一場面ではないか。晩年の山本さんの姿もくっきりと浮びあがる。

受付嬢がどんなに若く綺麗でも、こんな応対しかできないようでは、その本体は、はきだめである。

考えてみると「はきだめに鶴」というのは、期せずして若い頃から持ち続けた山本さんのポジションでもあったのだ。

一瞬にあらわれたそれを、年期の入ったエレガンスと見定め、書きとめておいてくれた美輪明宏氏にも感銘を受けた。

ふだんからこうした佇《たたず》まいの人を得てこそ、「夕鶴」のつうは千三十七回も羽ばたけたのだろう。

亡くなられた時の年齢は、八十六歳とも、九十歳とも書かれ、各新聞ともまちまちであった。身近な人も誰ひとり正確なことはわからないという。どこかでサバをよんでいたわけで、そんなにまでして年齢をひたがくしにされていたかとおもうと、なんだか愛らしくもあり、ふしぎでもある。

昨年（一九九二年）「子午線の祀り」（第五次公演）で、影身の役をふかぶかと演じ切った人が、九十歳に近い方であったとは、改めて信じられないようなおもいである。舞台生活は、七十年間にわたるが、新劇女優として、一本筋の通った現役を貫かれた。

完全燃焼の生涯は美しい。

ふつうはたいてい、ぶすぶすと燻りつづけ、無念や諦めで終る不燃焼の人生が多いというのに……。

その見事さに、悼む気持よりもむしろ、祝福したい気持の方が強くなってくる。

思えば、敗戦後まもなくの一九四七年頃(私は二十二歳ぐらいだった)初めて山本安英さんに出逢った。それからおよそ四十五年間、淡々としたおつきあいながら、とぎれることなく今日にまで至った。

その歳月のなかで、こちらが思わず居住まいを正すようないい話もいっぱい伺ってきて、それらは私の心の奥にしまってある大切な宝石である。

無形ゆえに盗まれる心配もない。

姿は消えてしまっても、その精神とは、これからも幾度となく対座できることだろう。さいわい名品と呼びたい文章も沢山に残されていて、私はいまだにそのすべてを汲みつくせてはいないのだから。

＊ 訳詩

韓国現代詩選　より

林

姜《カン》　恩喬《ウンギョ》

一本の木が揺れる
一本の木が揺れると
二本めの木も揺れる
二本めの木が揺れると
三本めの木も揺れる

このように　このように

ひとつの木の夢は

ふたつめの木の夢
ふたつめの木の夢は
みっつめの木の夢

一本の木がかぶりを振る
横で
二本めの木もかぶりを振る
横で
三本めの木もかぶりを振る

誰もいない
誰もいないのに
木々たちは揺れて
かぶりを振る
・
このように　このように

いっしょに

＊

一九四六年、ソウル生まれの女性詩人。延世《ヨンセ》大学英文科・同大学院卒。東亜大学（釜山）国文科教授。詩集に『虚無集』『草の葉』『貧者日記』『소리《ソリ》集』『風のうた』などがある。

소리《ソリ》は、声、音、話、噂、叫び、主張、歌、唱、などを表わす名詞だが、この詩集の場合どれを採ってもぴったりせず、全部を含むともとれるので、原題のままにした。

以前或るアンソロジーで、姜恩喬の「林」を読んで心惹かれ、以来関心を持つようになった。

わかりやすい言葉、具体的なイメージ、抽象化の能力などに、なみなみならぬ力量を感じる。

一本の木が揺れて、それが次々伝播してゆく林のざわめきのようなもの。

荒れ狂っている暴風雨のなかで、月や星の清麗がみえ、寒期のなかですでに、りんごの花芽の身じろぎのようなものの察知。

流された多くの血や涙が、ふたたびよみがえって山野につつじと化したか？　と思われる風景。

あらわに語られてはいないが、それだけに尚、まだ隠れたままの〈民衆の力への希求〉が一層切実にきて、姜恩喬のテーマがおのずから感じとれるようになっている。一種の透視能力があり、それが巫女《みこ》的と評されるゆえんだろう。

別れる練習をしながら

趙炳華《チヨウピヨンフア》

別れる練習をしながら　生きよう
立ち去る練習をしながら　生きよう
たがいに時間切れになるだろうから

しかし　それが人生
この世に来て知らなくちゃならないのは
〈立ち去ること〉なんだ

なんともはやのうすら寒い闘争であったし
おのずからなる寂しい唄であったけれど

別離のだんどりを習いつつ　生きよう
さようならの方法を学びつつ　生きよう
惜別の言葉を探りつつ　生きよう

人生は　人間たちの古巣
ああ　われら　たがいに最後に交す
言葉を準備しつつ　生きよう

＊

一九二一年、京畿道《キョンギドウ》　安城郡《アンソン》に生まれる。

戦前、東京高等師範学校（現、筑波大）理科で物理化学を専攻。

一九四五年以降、韓国の中学、高校、大学で、物理、化学、数学を教え、詩集を出すようになってからは現代詩論、文章論も講じてきた。慶熙《キョンヒ》、延世《ヨンセ》、梨花《イファ》の各大学にも出講、仁荷《インハ》大学の大学院長を以って一九八六年、停年退職、現在仁荷大学名誉教授。

そのほか沢山の肩書きを持つ人だが、一々は記さない。

一九四九年、第一詩集『捨てたい遺産』を出してから一九八七年までに、三十冊の詩集を出版、だいたい一年に一度新詩集を出してきた計算で、おそるべき多産であり、今も進行形である。

そのほかに絵もよくし、個展を九回もひらいている。画集、詩画集も多く、英訳詩集、仏訳詩集もあって、また学生時代はラグビー選手としてならし、運動にも強い。

あるインタビュー記事を見ていたら、「一言で言えば八方美人」という見出しだったので、えっ？　と驚いたのだが、心を落ちつけてよくよく考えてみるに、八方美人《パルパンミイン》というのは何でもできる万能人間ということで、日本の八方美人はマイナスイメージなのに、韓国ではプラスイメージなのだった。八方美人という同じ漢字を使いながら、この意味のずれはまったくおもしろい。

汽車のなかであれ、居酒屋であれ、ひとたび想到れば一気呵成に詩を完成させてしまうらしい。即興詩に近い味わいを持っているのもそのせいだろう。

詩歌の軽みということに伝統的に鋭敏な日本人には受け入れやすい詩だと思う。韓国でも若い人たちに人気があり、姜恩喬《カンウンギョ》と共に「会って話してみたい詩人」の一人に挙げられていた。

それというのも硬直とは無縁の、のびやかさ、視野の広さ、洒脱さ。一歩も後へは引かず黒白を争い、激突する気風とは異なる世界。そこに言いしれぬ慰安やくつろぎを覚えるのではないだろうか。

中学時代「すでに生まれてしまったのだから、より多く生きてみることだ」と決意し、そのためには、より多く旅をすること、多く見ること、多くの人に会うこと、多く読むこと、多く考えることをみずからに課したと言っているが、それは現在まですぐに続いていて、一日一日を能うかぎり濃密に生きようという意志が詩からも感じとれる。だからこそ「別れる練習をしながら」が利いているのかもしれない。

「純粋孤独と純粋虚無が私の宗教の世界」とも言っていて、たしかにこの二つは主調音であり、底流であり、厭世観を滲み出させている。その上、教師時代のニックネームが〈酒樽先生〉であってみれば、連想のおもむくところ『ルバイヤート』がひらめく。

趙炳華の詩篇が、韓国のルバイヤートであったとしても、八百年前のペルシャの詩人が書いた『ルバイヤート（四行詩たち）』に比べて、はるかに暖かいと感じる。

人を探しています

洪《ホン》　允淑《ユンスク》

人を探しています
年は　はたち
背は　中ぐらい

まだ生まれた時のまんまの
うすもいろの膝小僧　鹿の瞳《ひとみ》
ふくらんだ胸
ひとかかえのつつじ色の愛
陽だけをいっぱい入れた籠ひとつ頭に載せて
或る日　黙ったまま家を出て行きました
誰かごらんになったことありませんか
こんな世間知らずの　ねんね
もしかしたら今頃は　からっぽの籠に
白髪と悔恨を載せて
見知らぬ町　うすぐらい市場なんかを
さまよい歩き綿のように疲れはて眠っていたりするのでは
連絡おねがいいたします
宛先は
私書箱　追憶局　迷子保護所
懸賞金は

わたしの残った生涯　すべてを賭けます

夕陽によこたわり

広い板の間に
朝がくればトクタク時計のように
規則正しく働いていた
母上
今はもう目も耳もおぼろにかすんでしまわれて
一日が過ぎ　くたびれはてて
故郷に帰るように母の部屋に行けば
使いすてられたおもちゃ　古びた絵本

音の出ない笛と　ただ風ばかり

子供たちが乗りすてた
公園の老いた木馬のような
母の背中
その背に　ものがなしいわたしの心を乗せてみる

わたしもいつの日にか
子供たちが遊びほうけて捨ててゆく
あの老いた木馬のようになるだろう

母のさびしい余生の日々
きのうは日がな一日　庭に花々を植え
きょうは半日　甕置き場の手入れ
いまはしばし夕陽によこたわり
まどろんでいる母上

夢のなか
なつかしい故郷の山河を
辿っていらっしゃるのか
ほんの少し残った陽ざしのなかで
せめてもひととき安らかでいらっしゃるのか

＊

一九二五年、平安北道　定州郡　出生。一九四四年、京城女子師範学校卒。のちにソウル大学、師範大学に進学するが、朝鮮動乱のため、一九五〇年中退、大邱に避難。以後、教師、新聞記者などの職歴を経て、二十代から六十代に至る今日まで、詩ひとすじで来た女流詩人である。

父祖の地は、現在は北朝鮮で往来できず、故郷なのに他郷でしかありえないということが、その詩に大きな影を落している。

ちょうど二十歳頃が、日本植民地時代からの解放、それにひきつづく朝鮮戦争と、青春時代を動乱のなかで生き抜いた世代に当る。「人を探しています」の尋ねびとの対象は二十歳以前の自分自身だろう。その断絶感は痛ましくすらある。数年前、離散家族探しが現実に、KBS（放送局）を通して大々的に行われたことがあるが、実際にうら若い娘の行方不明ということも多く、たいていの家がいまだに尋ねびとの信号を発していることを思えば、この詩は個人の感慨を超えたダブルイメージを与えてくれる。

はたから見れば、妻として、また母として四人の子を育てあげ、寝たきりの母堂の看病を続けながら、韓国女流文学会の会長を引き受け、かつ旺盛な創作活動を果し、それは実に見事な一すじの道に見えるのだが、内面の苦悩はまた格別だったようで、

「詩は多くの場合、私の精神の鎮痛剤であり、消化剤であり、解熱剤でした。人間、血縁、時代と社会についての、いろんな痛みをその時々処置し治療してくれる自家処方の薬でした。

けれどそれは根本的な救いにはならず、私を安住させもしなかった。一篇の詩は二篇の詩を、二篇の詩は三篇の詩を渇望し、もっと大きな飢餓へと私を追いたてた。ただ、すべてのものが毀れ駄目になりながらも、またいたる所でより高く形成さ

れてゆく、目には見えない大きな意志を信じていて、それへの信頼が、この時代のいろんな苦痛のなかでも希望と信念を失わしめず、消えた油皿に新たに油をそそぎ、火をともす力ともなっていてくれるのです」

と語っている。

「生きる法」のなかの

〈燃えさかる炭火のような山河を素足で歩いてきた

四十年の荒野〉

という行にはハッとした。比喩がすこしも浮きあがってはいず、たった二行で隣国の四十年をからめとっている。久しぶりに比喩の力というものを感じさせられた。敬虔なキリスト教徒でもあり、韓国では、元老詩人《ウォンノーシイン》と紹介されることが多い。敬意をこめてだろうけれど、そんなものものしい事大主義の尊称よりも、一口で言うとすれば私は、憂愁の詩人と名づけたいような気がしている。

月を越えよう*

——流れもののうた

申《シン》庚林《ギヨンリム》

越えて行こう　越えて行こう
たんぼの畦《あぜ》　畑の畝《うね》を越えて行こう
日やとい暮しの酷いつらさ
ひょうたんの中にねじ込んで
痛み深しというのなら
肩踊《オッケチユム》りをもっと陽気にやらかして
越えて行こう　越えて行こう
峠をひとつ越えて行こう
いろいろにもつれ絡んだ因縁《いんねん》を
絹を裂くよう断ち切って
あらたな歳月　あらたな世間に

あらたな因縁《えにし》もあるだろう
越えて行こう　越えて行こう
丘を更に越えて行こう
脅しすかしのもろもろは
馬耳東風とやりすごし
荒れて潰れて壊れた手
おたがいに手に手をとって行こう
越えて行こう　越えて行こう
大きな大きな山を越えて行こう
捨てるものは　捨てて
まとめるものは　とりまとめ
踏み台にできるものは　踏み台に
踏みしめるものは　踏みしめながら
越えて行こう　越えて行こう
世の終りまで　越えて行こう

＊月を越えよう——慶尚北道盈徳《ヨンドク》地方で行われる女性たちの遊び〈ウォルウォリチョンチョン〉のひとつ。手をとって、くるりと一廻りして円座し、一人ずつ越えて行きながらこの唄をうたう。〈月を越えて行こう〉の意味は、苦難を克服してゆくことを象徴すると言われる。

ソウル市内の小高い丘に、マッチ箱のような家がてっぺん近くまでびっしり建てられ、月に一番近いという意味でそこは〈月の村〉と呼ばれる。貧しい居住区をそのように名づける諧謔性と、この詩の持つ哀しみと楽天性とはどこかでつながっていそうに思われる。

＊

一九三五年、忠清北道　忠州出身。

東国大学・英文科卒。

一九七三年刊の第一詩集の題名が『農舞』であったことが象徴するように、農村や地方をじっと見据えている人である。

実際、韓国に行ってみると、ソウルと地方とのあまりの落差にしばしば驚かされる。ソウルの人たちはどうも地方へは行きたがらないように見えるし、また外国からの旅行者も韓国の真髄は地方に在ると思いつつも、さまざまな不便さによって、一日も早くソウルへ戻ろう戻ろうとする。

中庚林の出生地は、漢江の上流、南漢江のほとりで、このあたりの風景は呆然とするほど美しい。だがそこで暮している人々は、ダムができたり、水系が変ったりで生きにくい生活を強いられていることが、その詩を読むとよくわかる。社会保障や福祉も十分ではないらしく身体障害者もたくさん登場するし、旅すれば現実にそういう人たちに多く出会うのである。

切りすてられ、踏みつけにされたいわば棄民に近い人々、流れものになるしかなかった人々の側に立って書かれた詩だが——そして或いは作者自身そういう境遇であったのかもしれないが、そうした鬱憤や哀しみがきわめて抑制された手法で描かれ、主観は殆ど排除されている。

実体の確かな把握、抑制のきいた描写、それらはかえって強く伝達されるという、表現の秘密をよく知っている人のようだ。

語彙の豊富さ。デッサン力の確かさ。読者はその場に共に居合せたように、さまざまに感じさせられ、考えさせられるのだ。

実際、中庚林の詩を読みながら、常に去来したものは、日本の現実であった。

東京という巨大消費都市を成り立たせるために、犠牲にされる地方、年々さびれてゆく町や村。ダムのためにやがて水没するであろう岐阜県の美しい徳山村。あらわには見えないようになっているが棄民という事実もまた在って、それらは他の国々とも照応しあうことであろう。

韓国の現実を描きながら、こういう喚起力をもたらすのは、彼の詩がすぐれているゆえんである。

著書に『民謡紀行』もあり、長年にわたる没頭で、民謡から汲みあげたものも大きいと思われる。

現在は、何度も弾圧された良心的な出版社「創作と批評社」の編集委員。

他に『새재《セジェ》（地名）』『貧しい愛の唄』などがある。

三寒四温人生

黄明杰《ファンミョンゴル》

ひとかけらの土地がなくても
ひときれの木の表札がなくても

かなしがることも　くやしがることもない
隣室の金兄さんがそうだし
向いの崔さんちもそうだし
村の張三李四*がみんなそうじゃないか
先に逝ってしまった友チョングァニのことを思ったら
みんな消滅してしまった山番地*の尹《ユン》氏一家のことを思ったら
まったく俺の苦労なんかものの数じゃない
升《ます》で米を売り
個で煉炭を買っても
三食欠かすこともなく火も切らさないから
女房もいるよ
子供もいるよ
腹を満たしてあたたかなオンドル部屋のアレンモク*にちびども眠らせて
やおら女房を抱き寝すりゃ
この運勢　上々吉でなくてなんなんだよ
しわくちゃにまるめてポイと捨てる人生じゃない

捨てたとて拾われもせんゴミみたいな人生だが
　こらえるのだ
堪えて生きてみるのだ
ならば三寒四温のわれらが冬のごとく
どうやらこうやら　なんとかかとか　凌いでゆけるのだ
意地の悪いノルブ*のようなけち野郎がいりゃ
拳骨くらわし
薔花紅蓮《チャンファホンニョン》*の継母のような女《あま》がいりゃ
罵詈《ばり》雑言浴びせかけ
ああだこうだと　すってんぱたん生きてゆくのだ

*張三李四――ありふれた平凡な人々。
*山番地――都市周辺の小高い丘や山を埋めつくす貧しい人々の居住区。
*アレンモㇰ――オンドルの焚口に近い一番あたたかい処。
*ノルブ――『興夫伝』（古代小説）の主人公。
*薔花紅蓮伝――李朝時代の小説。

＊

一九三五年、平壌《ピョンヤン》に生まれる。

一九六〇年、ソウル大学・文理学部・仏文科卒。以後、新聞社、雑誌社、出版社等に勤務。

四十歳を過ぎて初めての詩集出版であり、きわめて寡作のひとのようだ。あとがきにちらりとマラルメのことが出てくるので、仏文出だとわかるぐらいで、その詩篇にはほとんど痕跡をとどめてはいない。

視線はむしろ韓国の現実に鋭く向けられていて、表現には独特のあたたかさがある。

このひとに限らず、韓国の詩人たちの大きなテーマの一つは、生きることへの鼓舞であり、それが常に長鼓《チャンゴ》のひびきのように鳴っている。それだけ暮しはくるしいということだろうか。

「三寒四温人生」のなかの〈ああだこうだと　すってんぱたん生きてゆくのだ〉という一節は、もはや私自身の呪文ともなってしまった。

友人の書いた解説によれば、黄明杰は時にむさくるしいヒッピーふう、時に倭奴《ウェノム》

（日本野郎）のような小ざっぱりふうで、健康と顔色もころころ変り、行動様式はまったく自由人のそれだという。

一九七〇年代前半期に、東亜日報（新聞社）の記者だったのが、多くの人々と共に解職されるという事件があった。職場を失い、同じ立場の同僚たちと結束して過し、この時は日頃のずぼらさや徘徊癖とはまったく違う別の姿勢を見せたという。古い新聞を調べてみると、一九七四年十月、朴正熙時代、東亜日報の記者二百人が集会、言論の自由のために闘うと宣言、他の報道関係十七社もこれに同調と出ている。この時の弾圧によるものだろう。

そう思って読むと、新聞記者という職業からくるまなざしも強く感じさせられる。詩集のあとがきで「当分の間、私は冬眠に入りたい」と書いている。冬眠はすでに終ったのかどうか。

いのちの芯

金《キム》 汝貞《ヨジヨン》

呼んでみたとて　どうしようもなく
泣いてみたとて　どうしようもなく
愛の病気を骨髄に封じ込めて
椿の花よりもっと赤い血を
ひと鉢ずつこぼしながら
くちなしの花のように白く白くなって死んでいった
なんて悪性のはやりやまい
それでも女たちは争ってその病気を患ったのね
その病気の芯が
いのちの芯でもあったのだから

＊

一九三三年、慶尚北道《ソンギュングアン》 晋州《チンジュ》に生まれる。
一九五七年、成均館大学・国文科卒。

一九七五年、慶熙《キョンヒ》大学大学院・国文科卒。

愛を大きなテーマとする女性詩人で、中学校の国語教師をしながら、四人の子供を育てている。

詩集『海燕詞《ヘヨンサ》（海つばめのうた）』は、全篇連作詩で、きわめて意志的に詩を書くひとであるらしい。巻末のインタビューに答えて、

「詩人は死ぬまで現役でなければならないと思います。詩の世界に隠退ということがありうるでしょうか？　私はもっともっと前進して、休息も必要ないと考えています。生きるというのは、結局作品を書いて生きるということです。飛ばない鳥は鳥ではありません。飛んでいて、まっさかさまに落ちることもありますが、それも飛ぶための墜落でなければ、と思います」

なんとも烈しい。

その詩は、やわらかさ、静けさ、率直性、勁さと、幅の広い特徴を持つが、その底にこんな覚悟が秘められていたのか、と驚かされる。

「いのちの芯」という詩では、〈愛は悪性のはやりやまい〉と言い放っていて、おもしろい。

사랑《サラン》は、恋とも愛とも訳せるが、ここでは広義の愛を採った。実際、母親の子に

対する愛なども、一種の病気じゃないかしら？　と見えたりすることもある。

そして、恋の病いを患いたがっているのは女ばかりではなく、男だって相当のものである。生涯、一度も感染することなく、愛にとらわれず終るひとは、一番すこやかで爽快なのかもしれぬ……と思いそうになったところへ、けれどこの病気を病んだことのない人は、いのちの芯も無いようなものだというパンチがくる。

愛の両義性、矛盾をよく捉えていて、忘れがたい印象を残してくれる。たぶん苦しい修羅を潜り抜けてきた人ではないだろうか。

他に『和音』『海にそそぐ陽ざし』『冬鳥』『幼い神に』などの詩集がある。

作品考

崔《チェ》　華國《ファグク》

しなやかに洗練されたフランスの絹
そんなものよりは

我が国の屑繭からつくる素朴な紬があるじゃない
その柔かさ　その勁さ
そんなふうに書きなさいよ
あまりにも繊細できれいで
完璧な作品がなんでそんなにいい
ちょっと足りなくて欠けたるところのある作品のほうがいいのです
紬のことはよく知らないけれど
私のまだ幼かった頃
母上がかんかん照りの真夏の陽ざしに
いっしょうけんめい綿花を育てて
長い長い夜　糸車をまわしまわし機《はた》に坐って
みずから織られた木綿布《ムミヨンペ》
着物にしたてて着せてくれた
ぶつぶつ糸目のきわだった
えもいわれぬ風合の木綿布《ムミヨンペ》
その肌ざわり　忘れられないその感触

そんな作品でありたいけれど　どっこい
そうは問屋がおろさないのです

＊

一九一五年、慶尚北道　慶州郡に生まれる。

およそ五十年にわたり在日韓国人として生き、日本語による詩集も多いが、第一詩集『輪廻《ユンヘ》의《エ》江《ガン》』は母国語のハングルで書き、ソウルで出版されたことはあまり知られていない。今度訳した四篇は、その第一詩集からの採択である。

「喧嘩酒」は崔華國の自画像のようである。そしてまた、日本に対する隣国びとの千万言を費しても言い尽せないおもいが迸り出ているようだ。評論などで整然とる、る非を鳴らされても、その時、頭ではわかっても、いつのまにか素通りして後に残らないことが多く、そんな時いつも考えさせられるのは伝達の問題だが、この詩はなんといきいきとこちらのハートに響いてくることだろう。原題は「喧嘩取り」とか「喧嘩屋」になるのだが、日本語としての坐りが悪く内容から推して「喧嘩酒」にした。

「作品考」のなかの、

ちょっと足りなくて欠けたるところのある作品のほうがいいのです

も、見逃しがたい一行である。これは韓国・朝鮮の美術のなかに連綿と流れてきた美学そのもので、利休を持ち出すまでもなく、日本人はその鑑賞者としては第一級であった。だが創る側となると、へんに完璧主義者となってしまうのだった。文学のなかにも、この멋《モッ》と呼ばれる美学があるのだろうか？　あるような気もするし、ないような気もする。評論などはこれでもか、これでもかという執拗さがあって辟易させられる。

今度訳した詩のなかでも、在日の崔華國がそのことに一番意識的であると言えなくもなかった。移民として海外に出て暮した一世、二世の日本人のほうが、より多く日本人のエッセンスを保っていると言われるのと、似ていることかもしれない。日本語による詩集としては『驢馬の鼻唄』『猫談義』『ピーターとG』がある。

あとがき

一九八七年から三年間、季刊詩誌「花神」に連載したものを中心に編んだ。

一九七八年に初めて韓国の本屋に行ったとき、詩集は寥々たるもので、造本も悪かったのを記憶している。

私がたどたどしくハングルを学んでいたこの十数年間に、韓国はいつのまにか詩の熱い時代に突入していた。これは幸運なことだった。沈滞のなかから探し出すより、活気横溢のなかから選ぶほうが、どれほどはりあいのあることか。

現在、ソウルの大きな本屋——たとえば教保文庫とか鐘路書籍に行ってみると、詩集コーナーの大きさに驚かされる。八重洲ブックセンターや紀伊國屋の詩集コーナーに比べたら、六、七倍、いえ、もっと大きいかもしれないという豊饒さ。

更に驚かされるのは、詩集コーナーにむらがる若者たちの熱気である。高校生から大学生ぐらいの青年男女が、むさぼるように詩集を読んでいる。人目なんかまるで気にしていない。

ときには迷彩服を着た兵士が、たまの休日に駆けつけたという様子で、片足を壁にくっつけ片足で立ったまま忘我の状態で読み耽っている。一隅では一人の女子学生が詩集の頁をくりながら低く澄んだ声で朗読し、その友人二人が声をたよりに必死にノートに書き写したりしている。別のところでは、しゃがんだまま、しきりにメモっている高校生。午後にでも行けば、それらの人々をかきわけて詩集を探すのが容易ではない。

隣国のひとびとの詩を好むこと尋常ならず。

日本で詩と言えば、俳句、短歌、自由詩と分散されてしまっているが、韓国では目下、自由詩一本槍で、ひとびとの情感の飢えを満たすものとして、また述志の形式として欠くことのできないものなのかもしれない。

なんでもない手紙に自作詩を書き添えたりするのも、日本で言ったら、腰折れ一句で挨拶を……といった感覚だろうか。

立読みであれ、熱い視線に吸いとられてゆく詩の姿は、かなり羨ましい状態である。ベストセラーになる詩集も多く、三十万部くらいは軽くいってしまうらしい。日本では大きな本屋でも、詩集コーナーはどんどん縮小され身を細らせていっているし、読者も寄りつかず閑古鳥が鳴いている。

まるっきり違う光景に呆然とし、ノートを取ったりしているのは、若者にはやはり一冊の詩集は高価すぎるのかと思っていたのだが、ある大学教授が語ってくれたところによると、

「あれはねえ、アンソロジーを作るためですよ。じぶんの好きな詩人を選んで、そのなかの更に好きな詩だけを集めて、自分一人だけのアンソロジーを作るのです」

それでようやく納得がいった。考えてみれば、これこそアンソロジー（詞華集）の原義ではないだろうか。

私もこの少女たちに倣いたいと思った。独断や偏見を恐れずに、一九八〇年代の、それぞれタイプの異なる、自分の気に入った詩だけを集めてみたいと。そして、時代の流れと共に、そう簡単に消え去ってはしまわない、独立性の高い詩だけを集めてみたいと。

韓国には韓国の詩壇地図があるわけだが、それをなぞろうとは思わなかった。すぐれた詩人でも、こちらの力不足で、あるいは互いの感覚のずれで、どうもその詩に出逢えずに、すれちがってしまったということも多いに違いない。

まったく一種のカンだけを頼りに、五十冊ぐらいの詩集のなかから選びとったものだが、みずから選んだ六十二篇の詩には深い愛着を覚える。

訳す過程で、ハングルにはハングルの豊かさがあり、日本語には日本語の豊かさがあると痛感させられた。あたりまえのはなしだが、実際の作業のなかで、しみじみと具体的に感じさせられたのが私にとって一番の大きな収穫であったかもしれない。

そして、いい詩は、その言語を使って生きる民族の、感情・理性のもっとも良きものの結晶化であり、核なのだと改めて思う。

奥深いところで、深沈と息づく天然の大粒真珠のようなもの。

今までその所在に気づかなかったのは、なんと勿体ないことだったろう。

初出一覧

詩集『食卓に珈琲の匂い流れ』　一九九二年十二月、花神社刊行。

部屋（「R3」一九八四・一）／足跡（「櫂27」（原題「秋」）一九九〇・十二）／答（「櫂25」一九八七・八）／さゆ（「花神13」一九九一・二）／娘たち（「着る・装う・生きる」一九八六）／あいつ（書下し）／感情の痩せっぽち（書下し）／今昔（「櫂24」一九八五・十）／記憶に残る（「花神13」一九九一・二）／顔（「読売新聞」一九九一・五）／ある存在（書下し）／食卓に珈琲の匂い流れ（書下し）／なかった（書下し）／総督府へ行ってくる（書下し）／血（「櫂27」一九九〇・十二）／恋唄（「櫂26」一九八八・十二）／ふたたびは（「読売新聞」一九九一・五）／さくら（書下し）／瞳（書下し）／ルオー（「櫂28」一九九二・十二）／四行詩（「櫂23」一九八四・十）／問い（「読売新聞」一九九一・五）

詩集『倚りかからず』　一九九九年十月、筑摩書房刊行。

木は旅が好き（書下し）／鶴（書下し）／あのひとの棲む国（「櫂31」一九九五・十二）／鄙ぶりの唄（「櫂30」一九九四・十）／疎開児童も（書下し）／お休みどころ（書下し）／店の名（書下し）／時代おくれ（書下し）／倚りかからず（書下し）／笑う能力（「櫂33」一九九九・二）／ピカソのぎょろ目（書下し）／苦しみの日々　哀しみの日々（書下し）／マザー・テレサの瞳（書下し）／水の星（書下し）／ある一行（書下し）

詩集未収録作品　花神ブックス1『茨木のり子』一九九六年七月、花神社刊に収録。
　活字を離れて（「旅」一九七五・三）／色の名（「NHK中学生の勉強室」一九七一・五）／ええと（「新潟日報」一九七一・二・九）／一人は賑やか（「櫂16」一九六八・四）／待つ（「装苑」一九六六・四）／ある工場（「装苑」一九六六・三）／夏の星に（「花椿」一九五八・八）／九月のうた（「装苑」一九六五・九）／十二月のうた（「装苑」一九六五・十二）／みずうみ（「母の友」一九六九・二）／母の家（「新潟日報」一九七一・二・一）

書下し詩篇
　球を蹴る人／草／行方不明の時間　二〇〇二年九月。

歌物語／『一本の茎の上に』一九九四年十一月、筑摩書房刊に書下し。

女へのまなざし／『金子光晴』（「ちくま日本文学全集9」解説）一九九一年六月、筑摩書房刊。

平熱の詩／『一本の茎の上に』一九九四年十一月、筑摩書房刊に書下し。

尹東柱について／「国語通信」一九九一年冬号。／『一本の茎の上に』一九九四年十一月、筑摩書房刊に収録。

韓の国の白い花／「銀花」一九九四年三月。／『一本の茎の上に』一九九四年十一月、筑摩書房刊に収録。

一本の茎の上に／「朝日新聞」一九九三年一月八日。／『一本の茎の上に』一九九四年十一月、筑摩書房刊に収録。

内海／『一本の茎の上に』一九九四年十一月、筑摩書房刊に書下し。

涼しさや／『一本の茎の上に』一九九四年十一月、筑摩書房刊に書下し。

もう一つの勧進帳／『一本の茎の上に』一九九四年十一月、筑摩書房刊に書下し。

品格について／木下順二『品格について』（講談社文芸文庫・解説）一九九〇年三月。／『一本の茎の上に』一九九四年十一月、筑摩書房刊に収録。

去りゆくつうに／「婦人の友」一九九三年十二月。／『一本の茎の上に』一九九四年十一月、筑摩書房刊に収録。

『韓国現代詩選』一九九〇年十一月、花神社刊行。

林（「花神1」一九八七・五）／別れる練習をしながら（初訳）／人を探しています・夕陽にこだわり（「花神4」一九八八・三）／月を越えよう（「花神7」一九八九・一）／三寒四温人生（「花神9」一九八九・十）／いのちの芯（「花神10」一九九〇・二）／作品考（初訳）

茨木のり子著作目録

一九五五年『対話』（不知火社、二〇〇一年、童話屋より新装版）
一九五八年『見えない配達夫』（飯塚書店、二〇〇一年、童話屋より新装版）
一九六五年『鎮魂歌』（思潮社、二〇〇二年、童話屋より新装版）
一九六七年『うたの心に生きた人々』（さ・え・ら書房、一九九四年、「ちくま文庫」）
一九六九年『茨木のり子詩集』〈現代詩文庫20〉（思潮社）
〃『おとらぎつね』〈愛知県民話集〉（さ・え・ら書房）
一九七一年『人名詩集』（山梨シルクセンター出版部、二〇〇二年、童話屋より新装版）
一九七五年『言の葉さやげ』（花神社）
一九七七年『自分の感受性くらい』（花神社）
一九七九年『詩のこころを読む』（岩波ジュニア新書）
一九八二年『寸志』（花神社）
一九八三年『現代の詩人7　茨木のり子』（中央公論社）
一九八五年『花神ブックス1　茨木のり子』（花神社、一九九六年、増補版）
一九八六年『ハングルへの旅』（朝日新聞社、一九八九年、「朝日文庫」）
一九九〇年『韓国現代詩選』〈編訳〉（花神社）
〃『うかれがらす』〈金善慶童話集・翻訳〉（筑摩書房）
一九九二年『食卓に珈琲の匂い流れ』（花神社）
一九九四年『おんなのことば』（童話屋）
〃『一本の茎の上に』（筑摩書房、二〇〇九年、「ちくま文庫」）
一九九九年『貘さんがゆく』（童話屋）

〃　『個人のたたかい——金子光晴の詩と真実』（童話屋）
〃　『倚りかからず』（筑摩書房、二〇〇七年、「ちくま文庫」）
二〇〇二年『茨木のり子集　言の葉』1〜3（筑摩書房）
二〇〇四年『落ちこぼれ』（理論社）
〃　『言葉が通じてこそ、友だちになれる』〈金裕鴻と対談〉（筑摩書房）
二〇〇六年『思索の淵にて』〈長谷川宏と共著〉（近代出版）
〃　『貝の子プチキュー』（福音館書店）
二〇〇七年『歳月』（花神社）
二〇〇八年『女がひとり頰杖をついて』（童話屋）

解説　賑やかな孤《ひと》り

井坂洋子

『茨木のり子集　言の葉』三冊を前にして、その圧倒的な存在感につけ加えることばは何もないように思う。書物に存在感というのはおかしないい方であるが、読んでいると茨木のり子という人の姿勢、生き方、運命を物語ることばが生きもののごとく立ちあがってくるのだ。

これほど自分の仕事というか、為《な》したことに一貫性のある書き手も珍しいのではないか。無用な枝葉は切り払われていて、思想がよく見通せる。

思弁的なタチなのだろう。『言の葉』の特徴のひとつはエッセイに量感があることだ。詩の器ではかなわない思いや考えを詳しくたどろうとしているのだと思う。抒情の（甘い）口をぬぐう詩人といったらよいか。

けれども限られた数の詩はすべて、こちらの懐にじかに飛び込んでくる。選詩集や翻訳詩集などを除き、生前の詩集は全部で八冊である（『言の葉』にはその詩のほとんどが載っている）。

かつて、詩人は生涯で十冊ほどの詩集をもつのがひとつの目安だと聞いたことがあったが、その伝でいえばちょっと少なめか。一冊ごとの篇数も二十篇程度で、どれも短いものだから、厳選されている印象をもつ。小説家などに比べて、詩人のこの書きものの少なさは、茨木のり子の例を見るまでもないが、私も詩を書く者の端くれとしていわせていただくと、詩の書き手が怠け者のせいではない。夢を喰う獏ではないが、詩神は時間を喰う。一篇の詩が成るために喰う生活の時間は呆れるほどである。

時の流れを何で体感するのかは、人によってさまざまだが、時間というのは、ある時、針が跳ねあがるごとくにたつ。規則正しく流れるようにではなく、溜まっていた時間がこらえきれなくなって一挙に、という感じがする。

そうして、過ぎ去ってしまうと、決して戻ることができない。這い這いしていた子が、ある日立ちあがってトトトと数歩向こうへ行くように、つきあっていた男女が別れて以来、音沙汰が絶えるように、節目は存在する。

できれば、跳ねあがる針を押さえつけておきたいと思う。詩を書くことの潜在意識にはそうした念があって、一篇一篇が節目なのである。しかもそれは誕生や入学や結婚のように、わかりやすい節目ではない。

饒舌な書き手もいるけれど、そしてそのことは別に論じる必要があると思うが、茨木のり子はごく限られたものしか差しださなかった。どれもよく練られた精度の高い詩で、書き方も第一詩集からさほど変わっていない。

「ぎらりと光るダイヤのような日」という作品に「本当に生きた日」といえる日の数少なさについて語っているが、彼女の一篇一篇こそが「ぎらり」なのだと思う。中には「吹抜保」のような、愉快な一場の感興の詩もあって、詩の節目の露がどこに飛ぶのかわからない意外性がある。

「詩の最大の敵は、あらゆる固定観念である」といっている。「生きていることを突き詰めればおかしくない筈はない。生きることに鋭くかかわる詩が、おかしさとまるで無縁であっていいのだろうか？」とも述べている。

中国の古い寓話を下敷きにした詩「笑って」は、主題は「死」なのに随所に明るい光が射し込んでくる。ぜひ一度読んでほしいと思う。ぷらぷらした常識などは、人間の土壇場のところでは用をなさない。

茨木のり子の詩のどれがいいか、読むたびに変わり、あれもこれもとなってしまうのだが、私が今挙げるとすれば「青梅街道」だ。「わたしが一番きれいだったとき」や「自分の感受性くらい」の派手さや見事さはないにしろ、味わい深い。

あえて文語調にしたひと工夫がユーモラスなこの詩は、「街道の一点にバス待つ」作者が、走り去る車の車体に書かれた文字を読んでいる。「くるみ洋半紙／東洋合板／北の譽／丸井クレジット／竹春生コン／あけぼののパン」。

「幕末」の侍のような目で、それら「必死の紋どころ」を見、いつまで保つのか、いずれ「引き潮のごとく」流れ去るのに、といっている。

路上で否応なく目に飛び込んでくる看板の文字、その通俗（？）の林の間を私たちは行く。こんなところから脱けでたい、とたまに思う。諸々にご厄介になっていながら人の世の形がなぜ強固にこうであるのか。

私たちは銀河鉄道に乗ってメタフィジカルな景色を通過しているのではない。しかし私たちが死ぬということは、このたった今の通りの名から離れることだ。大方の詩の書き手は通俗的な事物に叛旗をひるがえそうと思いがちだ。看板などのない物語の奥へ逃げ込む。

しかし、いずれすっかり変わってしまう企業やお店やあくせく働く人間を、死しての ち目にしなくなるとしたら……。「今を生きて脈うつ者／不意にいとおし　声たてて」。私流の読み方だが、茨木のり子の詩は、頭のハエを追う者の手を強く引き、ゲンジツに連れ戻してくれる。

自然より人事の詩を、風景の後ろに寝そべっていないで「私」の思っていることを、「私」の「ぎらり」を、彼女は詩にした。

「大国屋洋服店」や「兄弟」にも顕著だが、通りすがりの人間を自分の懐に引き込んでの詩も作っている。そこでの「私」は傍観者であり、彼らとは無関係な者だけれど、詩人の気質として、もう少し深く関わりたかったのだろう。仕立屋夫婦や子供や左官屋などを描くことで、作者は確実に何かをもらっている。通りすがりにでも見せてくれるものを小さな宝石としている。

茨木のり子の父は医師で「吉良町のチエホフ」と呼ばれ、さまざまな名もない人たちを診て医術をふるったが、茨木のり子もエリートというのではない、市井に生きた人たちの上に詩術をふるった。

先達の詩人として金子光晴、山之口貘といった、現代詩の中では傍系にあたるかもしれない詩人の人となりや作品を愛し、たびたびエッセイや詩に書いているが、彼らもまた、巷《ちまた》に分け入って、人間くさい破格な生き方をした人たちである。

『言の葉』三冊を前にして次々と泡のような思いが湧いてくる。茨木のり子の闊達な文章に意識が粒だってしまうせいだろう。

思ったことにもうひとつつけ加えるとすれば、自問自答の詩人であるということだ。第一詩集の『対話』が何よりもまずそれを明かしている。表題作は、戦時中のある晩、ネーブルの樹の白い花々の上に星がまたたき、「地と天のふしぎな意志の交歓」を目のあたりにした、という詩である。「対話の習性はあの夜幕を切った」と結ばれている。しかし、地と天の対話に匹敵するような、誰と（何と）対話するというのだろうとの疑問も湧く。

前出の金子光晴、山之口貘、そして山本安英らの生涯がそれにあたるのだろうか。もう少し幅ひろく、時空を超えた外界のあらゆる事象のうち、心に響いた事や物と対話するということなのかもしれないが、それは対話というより観察であり、対峙である。狙いを定めた対象を前にしての、自問自答ではないのか。

その詩に「アンテナは／絶えず受信したがっている／ふかい喜悦を与えてくれる言葉を」というのがある。「一人でいるのは　賑やかだ／賑やかな賑やかな森だよ」というのもある。後者は若い男性が語っているという作りの詩とも読めるが、その姿は作者自身に通底する。

「一人でいるのは賑やか」などという人は珍しい。私が問い、もうひとりの私が答え、時に目をこらして、胸の湖面に投じられたことばや物事の波紋を見つめる。基本姿勢はつねに孤りなのである。

それは寂しいというのではなく自由さであり、放縦ではなく「自分を育てる」きびしさをともなっている。

茨木のり子は大正十五年生まれ、青春時代が戦争によって奪われた世代だ。私事で恐縮だが、私の母は茨木さんより三歳若いが、女学校の時は皇国少女で、茨木さんのように皆の前で号令をかけていたそうである。

また母は、学徒動員で被服廠に通い、特攻隊の兵士が出撃の前夜に寝る色鮮やかな銘仙のふとんを作ったという。大戦はそう遠い昔のことではない。けれども、戦争を知る世代が残り少なくなってきている。

茨木のり子の詩や文章は、時代を反映し、戦争を経た代表詩人の側面がどうしてもついてまわる。そして、そのことを嫌がっているふうではない。役目として受け入れてきたか、もう少し積極的に使命感をもっていたのかもしれない。

日本が何をしたか、韓国や中国、アジアの人たちに対してどうであったか。長篇詩「りゅうりぇんれんの物語」や「総督府へ行ってくる」などの詩など読めば、一目瞭然だ。五十代に入る手前から韓国語を習い始めている。なぜ韓国語を？　と尋ねられれば、「隣の国のことばですもの」という無難な答えを用意しているというエッセイがあったが、ある意志を感じる。

意志といえば、最期の意志ともいうべきものがある。

茨木のり子は十一歳で母親を失い、医師である父のもとで育った。二十三歳の時に、父のすすめもあって、勤務医と結婚する。

「父、夫、先輩、友人達、私の身辺に居た男性たちが、かなり優秀で、こちらの持っていた僅かばかりの芽を伸ばそうとばかりしてくれた」と述べている。夫が亡くなってから三十一年の間に四十篇ほどの挽歌を書き綴った。自分の死後に出版してほしい旨を、親しい人に伝えておいたらしい。小さく「Y」(夫君は安信)と書かれた箱の中に、目次も考えられた詩の束が収められていたという。二〇〇六年に七十九歳でくも膜下出血のために亡くなり、その意志通りに愛の詩集が編まれた。詩集の「あとがき」で、甥の宮崎治は、伯母とのやりとりを記している。

「何故生きている間に新しい詩集として出版しないのか以前尋ねたことがあるが、一種のラブレターのようなものなので、ちょっと照れくさいのだという答えであった」

『歳月』という遺稿詩集をもって詩人は生涯を完遂したのだが、こんなふうに身ぎれいに自覚的に人は生きられるものなのだろうか。

『歳月』を読むと、自然に涙が流れている。茨木のり子の詩のファンの多さに、詩人の飯島耕一は「ちゃんとした詩で読者を持っているということはいまや奇跡のようなものだと思う」と語っているが、茨木のり子という詩人の誕生には、二十五年間の稀有な男女の結びつきもあったのだ。『歳月』の中から一篇だけ紹介したい。

駅に
降りたったとき
あまりにも深い雪で
バスも車も見当らなかった

一台の橇をみつけて頼み
あなたはわたしひとりを乗せて
家までの道のりを走らせた

この雪国が
あなたのふるさと
老いた父母《ちちはは》のいます家
そこに至る道のりは遠かった
家々は硬く戸を閉し
静まりかえっている
雪はすでにやみ
蒼い月明のなかを
ひたばしる橇
かたわらを走るあなたの荒い息づかいと
二匹の犬の息づかい
馭者の黒いうしろ姿

あれから二十年も経って
今度はあなたが病室という箱橇におさまり
わたしはひたすら走った
あなたに付き添って　息せききって
あの時もし
わたしが倒れていたなら
いっしょに行けたのかもしれない
あとさきも考えず
なにもかもほったらかして
二人で突っ走れたのかもしれない
なぜ　そうならなかったのだろう

この世から　あの世へ
越境の意識もなしに
白皚皚《はくがいがい》の世界を
蒼い月明のなかを

（「橇《そり》」）

本書は二〇〇二年十月、筑摩書房より刊行された。

茨木のり子集　言の葉（全3冊）　茨木のり子

しなやかに凜と生きた詩人の歩みの跡を、詩とエッセイで編んだ自選作品集。単行本未収録の作品なども収め、魅力の全貌をコンパクトに纏める。

一本の茎の上に　茨木のり子

「人間の顔は一本の茎の上に咲き出た一瞬の花である」表題作をはじめ、敬愛する山之口貘等について綴った香気漂うエッセイ集。（金裕鴻）

詩ってなんだろう　谷川俊太郎

谷川さんはどう考えているのだろう。その道筋にそって詩を集め、選び、配列し、詩とは何かを考えるおもとを示しました。（華恵）

山頭火句集　種田山頭火／村上護編／小崎侃・画

自選句集「草木塔」を中心に、その境涯を象徴する随筆も精選収録し、〝行乞流転〟の俳人の全容を伝える一巻選集！（村上護）

尾崎放哉全句集　村上護編

「咳をしても一人」などの感銘深い句で名高い自由律の俳人・放哉。放浪の旅の果て、小豆島で破滅型の人生を終えるまでの全句業。（村上護）

放哉と山頭火　渡辺利夫

エリートの道を転げ落ち、引きずる死の影を詩いあげる放哉。各地を歩いて生きて在ることの孤独と寂寥を詩う山頭火。アジア研究の碩学による省察の旅。

笑う子規　正岡子規＋天野祐吉＋南伸坊

「弘法は何と書きしぞ筆始」「猫老て鼠もとらず置火燵」。天野さんのユニークなコメント、南さんの豪快な絵を添えて贈る愉快な子規句集。（関川夏央）

絶滅寸前季語辞典　夏井いつき

「従兄煮」「蚊帳」「夜這星」「竈猫」……季節感が失われ、風習が廃れて消えていく季語たちに、新しい命を吹き込む読み物辞典。（茨木和生）

絶滅危急季語辞典　夏井いつき

「ぎぎ・ぐぐ」「われから」「子持花椰菜」「大根祝う」……消えゆく季語に新たな命を吹き込む読み物辞典。超絶季語続出の第二弾。（古谷徹）

詩歌の待ち伏せ　北村薫

〝本の達人〟による折々に出会った詩歌との出会いが生んだ名エッセイ。これまでに刊行されていた3冊を合本した〈決定版〉。（佐藤夕子）

杉浦日向子ベスト・エッセイ　杉浦日向子

初期の単行本未収録作品から、若き晩年、自らの生と死を見つめた名篇までを、多彩な活躍をした人生の軌跡を辿るように集めた、最良のコレクション。

お江戸暮らし　杉浦日向子

江戸にすんなり遊べる幸せ。漫画、エッセイ、語りと江戸の魅力を多角的に語り続けた杉浦日向子の作品群から、精選して贈る、最良の江戸の入口。

向田邦子シナリオ集　向田邦子　向田和子編

いまも人々の胸に残る向田邦子のドラマ。「隣りの女」「七人の刑事」など、テレビ史上に残る名作、知られざる傑作をセレクト収録する。（平松洋子）

甘い蜜の部屋　森茉莉

天使の美貌、無意識の媚態。薔薇の蜜で男たちを溺れ死なせていく少女モイラと父親の濃密な愛の部屋。稀有なロマネスク。（矢川澄子）

貧乏サヴァラン　森茉莉　早川暢子編

オムレット、ボルドオ風茸料理、野菜の牛酪煮……。食いしん坊茉莉は料理自慢。香り豊かな〝茉莉ことば〟で綴られる垂涎の食エッセイ。文庫オリジナル。

紅茶と薔薇の日々　森茉莉　早川茉莉編

天皇陛下のお菓子に洋食店の味、庭に実る木苺……森鷗外の娘にして無類の食いしん坊、森茉莉が描く懐かしく愛おしい美味の世界。（辛酸なめ子）

遊覧日記　武田百合子　武田花・写真

行きたい所へ行きたい時に、つれづれに出かけてゆく。一人で。または二人で。あちらこちらを遊覧しながら綴ったエッセイ集。（巖谷國士）

ことばの食卓　武田百合子　野中ユリ・画

なにげない日常の光景やキャラメル、枇杷など、食べものに関する昔の記憶と思い出を感性豊かな文章で綴ったエッセイ集。（種村季弘）

クラクラ日記　坂口三千代

戦後文壇を華やかに彩った無頼派の雄・坂口安吾との、嵐のような生活を妻の座から愛と悲しみをもって描く回想記。巻末エッセイ＝松本清張

妹たちへ　矢川澄子ベスト・エッセイ　矢川澄子　早川茉莉編

澁澤龍彥の最初の夫人であり、孤高の感性と自由な知性の持ち主であった矢川澄子。その作品に様々な角度から光をあて織り上げる珠玉のアンソロジー。

わたしは驢馬に乗って下着をうりにゆきたい　鴨居羊子
新聞記者から下着デザイナーへ。斬新で夢のある下着を世に送り出し、下着ブームを巻き起こした女性起業家の悲喜こもごも。（近代ナリコ）

遠い朝の本たち　須賀敦子
一人の少女が成長する過程で出会い、愛しんだ文学作品の数々を、記憶に深く残る人びとの想い出とともに描くエッセイ。（末盛千枝子）

神も仏もありませぬ　佐野洋子
還暦……もう人生おりたかった。でも春のきざしの蕗の薹に感動する自分がいる。意味なく生きても人は幸せなのだ。第３回小林秀雄賞受賞。（長嶋康郎）

私はそうは思わない　佐野洋子
佐野洋子は過激だ。ふつうの人が思うようには思わない。大胆で意表をついたまっすぐな発言をする。だから読後が気持ちいい。（群ようこ）

色を奏でる　志村ふくみ・文　井上隆雄・写真
色と糸と織――それぞれに思いを深めて織り続ける染織家にして人間国宝の著者の、エッセイと鮮かな写真が織りなす豊醇な世界。オールカラー。

老いの楽しみ　沢村貞子
八十歳を過ぎ、女優引退を決めた著者が、日々の思いを綴る。齢にさからわず、「なみ」に、気楽に、と過ごす時間に楽しみを見出す。（山崎洋子）

おいしいおはなし　高峰秀子編
向田邦子、幸田文、山田風太郎……著名人23人の美味な思い出。文学や芸術にも造詣が深かった往年の大女優・高峰秀子が厳選した珠玉のアンソロジー。

パンツの面目ふんどしの沽券　米原万里
キリストの下着はパンツか腰巻か？　幼い日にめばえた疑問を手がかりに、人類史上の謎に挑んだ、抱腹絶倒＆禁断のエッセイ。（井上章一）

新版 **いっぱしの女**　氷室冴子
時を経てなお生きる言葉のひとつひとつが、呼吸を楽にしてくれる――。大人気小説家・氷室冴子の名作エッセイ、待望の復刊！（町田そのこ）

真似のできない女たち　山崎まどか
彼女たちの真似はできない、しかし決して「他人」でもない。シンガー、作家、デザイナー、女優……唯一無二で炎のような女性たちの人生を追う。

品切れの際はご容赦ください

本屋、はじめました　増補版　辻山良雄

リブロ池袋本店のマネージャーだった著者が、自分の書店を開業するまでの全て。その後のことを文庫化にあたり書き下ろした。（若松英輔）

ガケ書房の頃　完全版　山下賢二

京都の個性派書店青春記。2004年の開店前からその後の展開まで。資金繰り、セレクトへの疑念など本音で綴る。帯文＝武田砂鉄（島田潤一郎）

わたしの小さな古本屋　田中美穂

会社を辞めた日、古本屋になることを決めた。倉敷の空気、古書がつなぐ人の縁、店の生きものたち……。女性店主が綴る蟲文庫の日々。（早川義夫）

ぼくは本屋のおやじさん　早川義夫

22年間の書店としての苦労と、お客さんとの交流。どこにもありそうで、ない書店。30年来のロングセラー！（大槻ケンヂ）

女子の古本屋　岡崎武志

女性店主の個性的な古書店が増えています。カフェを併設したり雑貨も置くなど、独自の品揃えで注目の各店を紹介。追加取材して文庫化。（近代ナリコ）

野呂邦暢　古本屋写真集　野呂邦暢　岡崎武志／古本屋ツアー・イン・ジャパン編

野呂邦暢が密かに撮りためた古本屋写真が存在する。2015年に書籍化された際、話題をさらった写真集が増補、再編集の上、奇跡の文庫化。

ボン書店の幻　内堀弘

1930年代、一人で活字を組み印刷し好きな本を刊行していた出版社があった。刊行人鳥羽茂と書物の舞台裏の物語を探る。（長谷川郁夫）

「本をつくる」という仕事　稲泉連

ミスをなくすための校閲。本の声である書体の制作。もちろん紙も必要だ。本を支えるプロに仕事の話を聞きにいく情熱のノンフィクション。（武田砂鉄）

あしたから出版社　島田潤一郎

青春の悩める日々、創業への道のり、編集・装丁・営業の裏話、忘れがたい人たち……「ひとり出版社」を営む著者による心打つエッセイ。（頭木弘樹）

ビブリオ漫画文庫　山田英生編

古書店、図書館など、本をテーマにした傑作漫画集。主な収録作家――水木しげる、永島慎二、松本零士、つげ義春、楳図かずお、諸星大二郎ら18人。

ぼくは散歩と雑学がすき　植草甚一

1970年、遠かったアメリカ。その風俗、映画、本、音楽から政治までをフレッシュな感性と膨大な知識、貪欲な好奇心で描き出す代表エッセイ集。

せどり男爵数奇譚　梶山季之

せどり＝掘り出し物の古書を安く買って高く転売することを業とすること。古書の世界に魅入られた人々を描く傑作ミステリー。（永江朗）

20ヵ国語ペラペラ　種田輝豊

30歳で「20ヵ国語」をマスターした著者が外国語の習得ノウハウを惜しみなく開陳した語学の名著であり、心を動かす青春記。（黒田龍之助）

ポケットに外国語を　黒田龍之助

言葉への異常な愛情で、外国語本来の面白さを伝えるエッセイ集。ついでに外国語学習が、もっと楽しくなるヒントもつまっている。（堀江敏幸）

英単語記憶術　岩田一男

単語を構成する語源を捉えることで、語の成り立ちを理解することを説き、丸暗記では得られない体系的な英単語習得を提案する50年前の名著復刊。

増補版　誤植読本　高橋輝次編著

本と誤植は切っても切れない!? 恥ずかしい打ち明け話や、校正をめぐるあれこれなど、作家たちが本音を語り出す。作品42篇収録。（堀江敏幸）

文章読本さん江　斎藤美奈子

「文章読本」の歴史は長い。百年にわたり文豪から一介のライターまでが書き綴った、この「文章読本」とは何ものか。第1回小林秀雄賞受賞の傑作評論。

読書からはじまる　長田弘

自分のために、次世代のために――。「本を読む」意味をいまだからこそ考えたい。人間の世界への愛に溢れた珠玉の読書エッセイ！（池澤春菜）

本は読めないものだから心配するな　管啓次郎

この世界に存在する膨大な本をめぐる読書論であり、ブックガイドであり、世界を知るための案内書。読めば、心の天気が変わる。（柴崎友香）

新版「読み」の整理学　外山滋比古

読み方には2種類ある。既知を読むアルファ読みと未知を読むベータ読み。『思考の整理学』の著者が現代人のための「読み」方の極意を伝授する。

ちくま文庫

茨木《いばらぎ》のり子集《こしゅう》 言《こと》の葉《は》 3

二〇一〇年十月 十 日 第一刷発行
二〇二五年四月二十日 第十三刷発行

著 者 茨木のり子（いばらぎ・のりこ）
発行者 増田健史
発行所 株式会社 筑摩書房
東京都台東区蔵前二―五―三 〒一一一―八七五五
電話番号 〇三―五六八七―二六〇一（代表）
装幀者 安野光雅
印刷所 株式会社精興社
製本所 株式会社積信堂

ISBN978-4-480-42753-3 C0192